時報出版

傷停時間

王靖 著

自序

感謝書市包容我的存在，我沒有太多能耐，能做的便是琢磨作品，不讓各位失望，反覆檢視後自認問心無愧，才敢將原稿公諸於世。

無論您是否閱讀過前作，都能夠從中獲得完整的體驗，請隨書裡的邋遢檢察官「鯰魚」、混沌狂亂的檢事官「阿學」，一齊享用生活中擦身而過的種種，從今而後，我們或能直視生命中的醜陋，並有餘力將其化解。另請您放心，這是本深刻之餘卻含有笑料的大眾文學、大眾可能會嚇一跳的混種文學。

《傷停時間》不會是終點，感謝時報文化出版的厚愛與舞臺，甚至爭取到影視化的可能性。過去我的生活幾近失衡，為了斟酌字句足不出戶，若沒有李國祥主編的青睞，我恐怕要丟失走出家門的動力。

本書數個案子之中，我做了更多嘗試：有刺激情節、直球對決、對陳腐觀念的諷刺等，不少橋段是在撰寫過程才悟出的念頭，我也十分滿足。

王靖　筆於三十二歲暮春

目次

真實世界中的虛幻故事

案由一：情緒勒索

二〇〇八年二月十一日　週一

被戲稱爲「巴哥狗」的主任檢察官此刻就坐在對面，他身穿深灰色厚實獵裝，表情很是凝重。

身爲基層檢察事務官，我勉強算是檢察官的副手，面對高官難免感到緊張。我無從選擇，聽從指令在辦公桌旁正襟危坐著。

我和鯰魚檢察官曾有高陞的大好機會，卻黯然回到了桃園地檢署，大家雖沒當面談論，總覺得同仁們投來憐憫眼神、或在內心嘲笑著我。

今天是重返崗位的首日，還沒走進三十七號偵查庭，我就被一名陌生同事給喊住了。

「曾檢事官嗎？」身後的聲音聽來是位年輕男性。

轉過身，是張不認識的面孔。

「我是，」消沉的我，沒法講出華麗的詞彙：「你哪位？」

「主任檢察官找你，請跟我來。」

既然搬出了頂頭上司，我不好再多問些什麼，隨他的腳步來到巴哥的辦公室。

接下來的發展如開頭所述，時間一分一秒逝去，我和巴哥尷尬地相處著，他的面孔看來時而漲紅、又偶爾嘆息。

經過許久，巴哥總算開口：

「你還好嗎？」

「還好，」話才說完，我想起對方是名大官，趕緊補充：「謝謝主任檢察官關心。」

「洪檢座呢？」話鋒一轉，他提及鯰魚。

「應該也還好。」

「是嗎？」巴哥若有所思地說：「希望他能夠學會收斂。」

是啊，鯰魚是我所服侍的檢察官，真希望他懂得觀察情勢，我們也不至於淪爲笑柄。

我得承認鯰魚有些功力，能以異於常人的思維擺平案情。然而，他老是不顧同事們的感受，以致真心欣賞他的人寥寥無幾。一個月前，鯰魚本該爲命案求處無期徒刑，卻硬是做出特立獨行的決定，是我們被打回冷宮的最大原因。

鯰魚再次成了處理燙手山芋的基層檢察官，我則是敗戰檢座的助手。

「你們的工作比起過去只會有增無減，明白嗎？」巴哥嚴厲地說。

「是。」

「請你控制洪檢座的舉止，別再讓他脫軌演出。」

「是。」

「還有問題嗎？」

「是……，」我趕緊回神。「不，沒有問題。」

巴哥緊盯我的雙眼，像是惡犬看見鮮肉那般，就要咬上我。

「回去工作吧。」巴哥忽地說出無罪宣判：「未來若有特殊事件，直接向我報告。」

「是。」

嘴上雖允諾，我才不願主動來到這呢。

悄悄走向辦公室大門，希望從此遠離長官的視野，離開前向巴哥行了鞠躬禮，瞥見他正打量著我。

渾身起滿了雞皮疙瘩。

面無表情的巴哥究竟在盤算什麼？真心關心我們？又或準備落井下石？

不遠處有訕笑聲，定睛一看，領我來的學弟正和其他檢事官講著悄悄話。

「大概在嘲笑我吧？」忍不住懷疑。

Ψ

阿仁、小康和我同樣是檢察事務官，兩位學長逼我參加聚餐，大概是希望我走出低潮吧？

來到似曾相識的鐵板燒店，學長們笑談不著邊際的休閒話題：

「再一個月，球季就要開打了。」小康學長興奮地說。

「是啊！」沉穩的阿仁學長難得喜孜孜的。「真期待。」

面對生活種種，我卻毫無期待。

思緒隨餐廳的喧囂聲四處遊蕩，在這吵雜的環境中反而能獲得平靜，身旁客人只顧咀嚼肉塊，沒人在意我的立場，待在俗世彷彿不必思考，我竟在這奇異情境笑了出來。

「你沒事吧？」阿仁學長擔心地看向我。

回過神，發覺小康學長被我的詭異舉止嚇著，只好低頭狂嗑白飯掩飾尷尬。

「沒事。」我故作自然。

「你的心境，我們不是不明白。」阿仁打算安撫我。「放心吧，大家都了解鱠魚的狀況，沒有人會對你有偏見。」

「阿學，你又沒有陞遷的打算，別想太多了。」鼓起勇氣，小康也開了口。

「喔……。」

「何況，這不算是降職呀。」小康接著說下去。

「不過是從高等檢察署調回地檢署，你還是檢察事務官。」阿仁附和這個說法。

我不置可否，想起數日前的報導這麼寫著：

快訊：女童命案誰該負責？承辦檢座調離現職。

一〇五年發生之女童命案，高等法院今天依故意對兒童犯殺人罪，更一審維持判處被告汪男無期徒刑、褫奪公權終身。

針對偵查過程引發之社會風波，高檢署表示已取得受害人家屬諒解，並將承辦檢察官依「人地不宜」理由調離現職。

記者截稿前未取得當事人回應。

我們成了司法瑕疵的代罪羔羊，連辯白的機會也沒有，幾日後淡出輿論，並隨案件一齊落幕。

「你和鯰魚一起工作，沒惹上法律問題已是萬幸了。」阿仁學長說。

「這倒是。」我苦笑。

「好啦，別悶啦。」小康學長岔開話題：「難不成回來偵六組，對你而言那麼痛苦嗎？」

「當然不是，」我趕緊否認：「只是打了敗仗被趕回來，覺得狼狽。」

「習慣大都市了？看不起鄉下？」小康繼續挖苦我。

阿仁阻止小康對我的逗弄。

「沒什麼，就當作一場美夢吧。」

學長們舉起茶杯，輕輕向我的杯緣一碰。

「歡迎回來。」

「謝謝。」

他們兩人堅持爲我付了帳。

走出店門後的某個間歇，阿仁學長趕上我的腳步。

「阿學，一直擺著苦瓜臉，好事是不會降臨的。」阿仁學長低聲提醒我。

我深吁一口氣。

「是啊，我知道。」

該是放下的時候了，日子總得繼續過下去，降職就降職吧。

Ψ

餐敘後，我打算重振心情，不想再沉重地踏進地檢署。望向嶄新的地檢署建築，想起我曾經多麼厭惡它的外觀，其實也不那麼差勁。走進桃檢大廳，趁阿仁和小康二位學長還在身旁，我提出了疑問：

「學長，匾額上的『惟明克允』四字，究竟是什麼意思？」

「嗯……，」小康學長看來不甚明白，卻裝作學識淵博的樣子。「追求光明、約束克己的意思吧？」

「我不確定。」阿仁學長不敢妄下判斷。

三人站在大廳，沒人讀懂這偌大題字的意義。

此時，身後傳來一道充滿朝氣的男聲：

「學長好，你們在觀賞這寫有『惟明克允』的字畫嗎？」

回頭一望，發覺這人便是上午領我去巴哥那兒的年輕男子。

「嗨，劉遠，吃飽了嗎？」原來是小康學長的熟人。

「吃飽了，謝謝學長。」個頭不高但相當精實的劉遠回答。

小康學長興奮地轉向我。

「還沒跟你介紹，這位是年初來報到的學弟劉遠，工作能力十分優秀，爲人也開朗好相處。」

「學長，你把我誇上天了，其他人會討厭我的。」劉遠笑著向我說：「你好。」

「嗯。」

「虧你受得了劉檢的折磨，眞是幫我大忙。」小康解釋：「劉遠的際遇和你類似，他成了劉檢的御用檢事官，我再也不必過去挨罵……。」

「沒什麼，可能我也姓劉，檢座才對我友善一些。」劉遠自顧自地說下去：「『惟明克允』是指：必須明察事物，才能公正地對待事物。」

一面走上階梯，阿仁學長持續誇獎劉遠：

「你眞厲害，居然知道這句成語的意思。」

「碰巧我以前是成語比賽的常客。」

英式油頭眞是種令人厭惡的髮型，過於俐落了吧？

Ψ

「鯰魚」這邋遢的檢察官，便是日記中的荒唐主角，此刻坐在我的右手邊。背脊忍不住向左方延展，躲避鯰魚身上不時飄來的皮屑，明知一切只是枉然，但脊椎已習慣這歪斜的坐姿了。

閒暇無事的下午，鯰魚安穩待在座位讀著報紙，時不時打個盹，難怪他的體重始終居高不下。越是清閒，時間流逝反而更加緩慢，倒希望事情如主任檢察官所說的發展：

『你們的工作比起過去只會有增無減。』

不想再坐冷板凳了。

自從返回桃園，我們還未討論前個案子所帶來的傷害。

「他恐怕更加難受。」我心想。

鯰魚本就討厭高檢署，再一次被當作「棄子」對待，他肯定充滿了負面情緒，再怎麼討厭這糟老頭，我也不願在此刻落井下石。

這幾天，書記官林叔總爲我們泡上溫暖的熱茶，那本該是我的工作，林叔卻以自己的方式替我們分憂解勞。

「咚」的一聲響起，原來是瞌睡中的鯰魚撞上桌面。

他尷尬地看向我，似乎想遮掩自己所幹的蠢事，林叔不在偵查庭，只剩我們二人大眼瞪著小眼。

「讀新聞了嗎？」鯰魚拎起桌面上的報紙，對剛才的窘態避而不談。

爲了遮掩尷尬的生硬演技。

「讀了。」我簡短回答，怕過多的評論令他難堪。

「那就好。」

鯰魚的肥碩臉頰忽地湊了過來。

「你真的讀過報紙了嗎？」鯰魚好奇地問。

「當然，爲什麼要說謊？」我趕緊拉開距離。

莫名其妙。

鯰魚將手臂交叉於胸前。

「那你爲什麼悶悶不樂呢？」

「沒有啊……。」話才說出口，便發覺這是違心之論。

只是比起自己的憤慨，我更加顧慮鯰魚的情緒。

等等，怎麼輪到這輸家來關心我呢？我看起來眞那麼糟嗎？

「不，你的表情說明了一切，爲什麼不高興呢？」鯰魚不願輕易放過我。

「因爲……，」我在心中愼選詞彙。「我們遭到了這般對待。」

「什麼樣的對待？」

只好直搗鯰魚尚未癒合的傷口了。

「我們爲受害人家屬做了那麼多，好不容易被他們接受。」這是我首次吐露眞正的想法：「高檢署卻將我們調離臺北，明明你才該是被表揚的人……。」

「表揚？」鯰魚聽完我的說法，輕蔑地笑了出來。

我不會忘記這討人厭的表情，差點就讓案子砸鍋了，可眞是缺乏人際相處的禮儀。

「被害人家屬的認同，不就是我們最好的獎勵嗎？」鯰魚微笑著說。

「這我當然明白，不代表『上頭』能這麼對待我們。」我惡狠狠瞪著他。

「那是『上頭』的事，何必替他們煩惱？」

林叔端著熱茶回到偵查庭，將茶杯遞給我們後，靜靜走回座位，並未加入討論。

「你還年輕，遇見不公平的對待會感到憤怒，這很正常。」鯰魚幽幽地說。

我抬頭望了鯰魚一眼。

「年輕人的憤怒啊……，」鯰魚看向身後的紙箱堆。「林叔！我的擺飾收去哪了？」

「還能去哪？一定在箱子裡面。」林叔無奈地說。

「在哪一個紙箱裡？」

「不知道，您打算要整理這些紙箱了嗎？」

「沒有，我只想找出擺飾。」話沒說完，鯰魚便自顧自地扯開封箱膠帶。

一陣潮溼的酸臭味撲面而來。

「您不整理，就別打開這些箱子。」我和林叔不約而同哀求。

「唉。」鯰魚無奈地坐回檢察官席。「可惜，沒能讓你們見識『牛頓擺球』。」

牛頓擺球？

「五顆小球，一旦開始擺動便不會停止，是那種裝飾嗎？」林叔問。

「沒錯，又有人稱作『永動機』。」鯰魚試圖以指腹擊出聲響，卻沒有成功。

原來如此，只是，爲什麼打算翻出那玩意兒？

「年輕人的憤怒就像牛頓擺球一樣，懂嗎？」鯰魚問。

我搖搖頭。

「不懂。」

「必須有外力介入，憤慨才能夠平復。」鯰魚拍了拍我的肩頭。「你需要將壓力宣洩出來。」

趁鯰魚沒注意，我趕緊將肩上的髒屑拭去。

「林叔，你年輕時曾對環境感到憤怒嗎？」鯰魚問。

「當然。」林叔說出令人意外的回答。

「你怎麼走出來的？」我好奇地追問下去。

「怎麼走出來的……，」林叔的表情看來很是苦惱。「時間過去，似乎就淡化了。」

「哈哈哈，你也老了啊？」鯰魚竟扯開喉嚨大笑。「才不是這樣呢。」

「是嗎？我記不清了。」林叔不明白鯰魚爲何而笑。

居然否定他人的記憶，鯰魚這粗人眞是失禮。

「放心吧，」鯰魚再次搭上我的肩膀。「哪天他們又需要替死鬼，還會找我們去臺北的。」

趁我和林叔瞠目結舌時，鯰魚將妻子的相片掩上桌面，拍拍屁股走出偵查庭。

對於鯰魚異於常人的思維，我們又一次感到啞然，辦公桌上熱騰騰的茶水，鯰魚甚至沒嘗過一口便下班去了。

「隨他吧。」我心想。

林叔拉開抽屜、拎出膠帶臺，將檢察官席後方的紙箱再次封上，裡頭持續裝有鯰魚的諸多雜物，或只是垃圾而已。

不如我也下班早歸吧。

二月十二日　週二

晨間陽光穿透紗簾射入租屋處，我還沒打算振作起來，賴在床上逃避。

「一切都會好起來的，」在腦海中反覆催眠自己：「一切都會好起來的。」

「喵。」老貓湊了過來。

「是嗎？你也這麼覺得？」我爲老貓的叫聲賦予意義。「眞乖。」

我掙扎挺起上半身，扭動脖子數次，一鼓作氣走進廁所。

「加油吧。」

馬桶上的我望向自動餵食器，驚覺老貓只是在提醒我：該補充飼料了。含著牙刷，終於望見鏡子內的自己，臉色眞糟。

「得把這股霉運傳出去才行。」

Ψ

走進桃園地檢署，佇立在人來人往的大廳中央，我忍不住看向「惟明克允」字畫，櫃臺小姐以眼神表達了嫌惡，我趕緊讓出一條通道。

「是誰都好，帶我脫離這窘況吧。」我心想，近期的日記未免也太過消極。呼應我的祈求，不平凡的一日終將啓動。

巴哥從樓梯上方探出頭，居高臨下俯視我。

「傻站著幹什麼？」

「我？」我小聲回答，一面環顧四周。

巴哥加快腳步衝下樓梯，這才看清他已是汗流浹背。

「當然是你啦！」

「報告主任檢察官，現在才八點四十五分……。」我低頭看了手錶，確定自己還未遲到。

「少囉嗦！跟我過來！」巴哥硬是拽住我的衣袖，我不得不邁開步伐跟上他。「唇股的洪檢座一進來就聯繫我！算了，直接叫他到對街！」

「是，知道了。」方才嫌棄我的櫃臺小姐，似乎被巴哥的古怪舉止給嚇傻了。

桃檢的風水難不成有問題？除了鯰魚，主任檢察官也發瘋了嗎？

衝刺大約兩百公尺，發覺有問題的人不只巴哥。

馬路旁的公車站充斥詭譎氣氛，大家都伸長脖子望向天空，穿過人群，看見對街站著一名執勤員警，我和巴哥提起最後一絲氣力衝了過去。

好不容易抵達員警身旁，氣喘如牛的巴哥試圖調勻呼吸。

「狀況怎麼樣？」

「退後，一般民眾請不要靠近。」年輕員警看來有些緊張，生澀地阻擋我們。

「退後個頭呀！」巴哥從襯衫口袋摸出識別證。「你們長官請我來的。」

年輕員警湊了過來，卻沒能在短時間內讀懂狀況，只見他白皙的皮膚不斷滲出冷汗。

「學長，這人要進來警戒區。」

年約四十歲的粗獷員警轉過頭來，拿起對講機說了幾句話，為我們抬起封鎖線。

「進來吧。」

我和巴哥又彎又蹲，狼狽鑽進目的地，我依然滿頭霧水，卻找不到空檔詢問狀況。

「妳毋通跳啦！」粗獷員警突然朝天空大喊：「妳這樣實在歹看！」

望向高處，陽光灑進瞳孔，我不得不舉起手來遮擋光線，才稍微看清狀況：原來，大約四層樓高的老舊公寓，一名老婦跨坐在頂樓圍牆邊上。

「妳甘有聽到？」員警再次大吼。

頂著蓬鬆小捲髮的老婦終於開口：

「都在說啥呀？別來管我！」她操著一口濃烈的外省腔調，與員警的鴻溝顯而易見。

「有話好說，妳先下來啦。」粗獷員警改說不流利的臺灣國語。

「沒啥好說的，讓開！」充滿怨懟的老婦，卻有十足中氣。

老婦說話的速度極快，句尾的聲韻一概上揚，要聽懂是件吃力的事情；警察的臺詞則好懂得多，但已是江郎才盡了。

「妳先下來啦，人那麼多，歹看啦。」

「壓著你們我可管不了！」老婦歇斯底里地大喊：「除非讓我的兒子回來，我才不跳！」

粗獷員警終於停下那膚淺的勸說言詞。

這下可不好辦，既然是家務事，就得找出適合的解鈴人才行。

「怎麼辦呢……？」年輕員警說出大家的心聲，斡旋至此，眾人反而陷入窘境。

「去找她的兒子過來。」粗獷員警命令學弟。

「可是……，」年輕警察一臉委屈地詢問：「她是哪位呀？」

「快去！」粗獷員警向學弟咆哮：「做就對了！」

只見年輕員警飛也似地逃離現場，彷彿他是那引起風波的罪人。

「現在是欲安怎辦？」粗獷員警低聲呢喃，被我和巴哥聽個一清二楚。

「你不必苦惱，」巴哥打斷員警的低語。「你的長官來電，這案子就交給我們處理吧。」

「等等，我正在思考呢。」員警不願意放棄。

「你們所長和我可是同期，懂我的意思嗎？」巴哥強勢說出命令：「現場交給我們來負責。」

「呿！」任誰都聽見了員警的咂嘴聲。「跳下來算你們地檢署的。」

粗魯的員警摸摸鼻子走向街角，責罵圍觀民眾藉以出氣。

「要不是他們的長官來拜託，還以爲我喜歡蹚渾水呀？」巴哥無奈地說：「眞衰，偏偏離我們地檢署最近。」

「警方沒有諮詢專家嗎？地檢署可沒有阻止自殺的經驗。」抓緊空檔，我好奇地詢問。

「前幾天才跳了一個，他們的長官大概不想扛這責任。」巴哥看來相當煩躁。「哪來什麼專家？你去把張老師請來呀？」

我再度望向天空，只見老婦垂頭喪氣的剪影，似乎嘆了口長氣。

隨著警方停止喊話，老婦暫時平靜下來，卻看不出她有離開牆邊的打算。

「主任檢察官早，」身後傳來熟悉的聲音。「學長好。」

回頭一瞥，果然是學弟劉遠。

「劉遠呀，洪檢事呢？」巴哥著急地問。

「他已經進到地檢署了，說是放好公事包就過來。」劉遠回答。

「怎麼沒拖著他直接過來呢？」

「放心吧，主任檢察官。」劉遠不疾不徐地說明：「有句話這麼說：『喊著想死的人，只是想得到關注。』」

「什麼意思？」趁著劉遠解釋時，巴哥擦拭臉上的汗珠。

「這行爲大概只是『情緒勒索』。」劉遠解釋：「眞正想要自殺的人，才不會說出口。」

曾經我也這麼認爲，然而眞是如此嗎？

劉遠的說法確實有其道理，若老婦不做張揚，便不會有人發覺公寓上的情況，她也能順利達成「目標」吧？

然而，這理論必須建立在老婦尙有理智的前提之上。

消防車抵達街口，花費一些時間完成準備，眾人趕緊將黃色救生氣墊拖進警戒區。

老婦坐在高處俯瞰一切，不發一語。

儘管地面已備妥軟墊，沒人能夠保證老婦的生命就此安全。

一名宛若英雄的人型剪影朝向我們走來，只是贅肉未免多了些。

是鯰魚。

「洪檢座來了。」我指向遠方。

「該死，他是在散步嗎？」巴哥扯開喉嚨大吼：「快點過來！你在搞什麼？」

沒見鯰魚加快速度，只是保持緩步加入我們的行列。

「急什麼？」鯰魚不知爲何要揚起下巴。

「情況緊急，不然誰想和你合作？」巴哥不甘示弱。

兩名同齡人在人行道上暴露了彼此幼稚的一面。

不該是較勁的時候。

「來呀，讓你表現，把她勸下來。」巴哥刻薄地說。

「不勞您費心，我本來就打算救她。」鯰魚回嘴。

「小心點，她要是跳下來，我可不饒你。」

巴哥將自警方接來的責任，巧妙地轉嫁給了鯰魚。

本以爲兩人的口角將越演越烈，鯰魚和巴哥卻同時沉默下來。

「嗯。」鯰魚閉起雙眼，集中精神。

「把她勸下來吧。」巴哥終於恢復冷靜。「她要是沒死，這案子就麻煩你了。」

深吸一口氣，鯰魚朝向天空大喊：

「老太婆，我也不想活啦！待在原地等我呀！」

人群發出譁然的喉音，近乎無聲但也惱人。

不知是沒聽清楚、又或對鯰魚的說法感到困惑，老婦的五官更加皺成一團。

「你說啥？」

「您大方點，讓個位置給我！」鯰魚高喊：「我也不想活啦！」

「別想不開。」街頭陷入沉默，使我們能聽清老婦的話。

「警察在找妳的兒子了，我的老婆卻不知道去哪兒啦。」鯰魚頹喪地說：「哪有我慘？」

「你懂個屁！」老婦再次扯開喉嚨。「等我兒子來了再說。」

「兒子去哪啦？」鯰魚問。

「我哪知道？過年也沒見人影，翅膀硬啦。」

「妳先生呢？」

「死了，我也不想活啦。」

人群發出喧譁聲響，現場陷入一陣緊張。

「老太婆別衝動！我問妳，兒子平常在做什麼？」鯰魚硬著頭皮繼續閒扯。

「做銀行的。」

「肯定很聰明囉？」

「那當然。」老婦露出一絲驕傲。

這驕傲便是通往出口的指標。

「擔心太多啦！那麼聰明的人，總有一天會明白要孝順的。」鯰魚一派輕鬆。

這話似乎打進老婦的心坎，她保持沉默，不再嘮叨。

過了一會，鯰魚打算主動出擊。

「我要上去啦！」

「上來做啥？」

「我也憂鬱，咱們聊聊天？」

遇上這怪人，就算是老婦也拿鯰魚沒輒，不再說些什麼。

一分鐘過去，鯰魚對我使了個眼色。

「走吧。」鯰魚平靜地說。

「我也要去？」我當然驚訝。

「少囉嗦，把握時間。」話沒說完，鯰魚拖著沉重的腳步奔跑起來。

也不想剛才是誰姍姍來遲呢？

「碰」的一聲響起，原來鯰魚被腳邊的氣墊給絆倒了。

「這什麼玩意兒！」鯰魚氣得搥打氣墊，我趕緊將他扶起來。

「消防隊怕她跳下來啦。」我解釋。

「擺這有什麼用？給她臺階下呀！」鯰魚頭也不回鑽進了公寓大門。

樓梯間充斥我們兩人的喘氣回聲。

「呼，呼。」

公寓裡的住戶們緊閉起自家大門，彷彿希望這場鬧劇別和他們沾上關係，我和鯰魚卻得倚著牆氣喘吁吁，眞不公平。

「檢座。」我喊住鯰魚。

「幹嘛？」

「爬慢一點，」我調整呼吸。「不是有句話說：『喊著想死的人，只是想得到關注。』」

鯰魚不屑地俯視著我。

「你信這個？等會別亂說話，叫你做什麼就做什麼。」話才說完，鯰魚提起力氣再次跨上階梯。

我才擔心他呢，可別再捅出什麼婁子。

鯰魚使勁推開厚重的生鏽鐵門，老婦的背影就在我們眼前。

「大姐，妳叫什麼名字呀？」鯰魚溫柔地拋出開場白。

老婦回頭一望，發覺我們的存在。

「我叫阿珍姨。」語氣平和許多，我們總算得知她的稱呼。

內心有著預感，阿珍姨已放棄了跳樓的想法。

但，誰又能有把握呢？

「我叫洪仔，」鯰魚說：「他是阿學。」

我微微向阿珍姨行一鞠躬。
「洪仔，爲什麼不想活了？」阿珍姨好奇地問。
「老婆不在，我的心情當然不好。」
「她去哪兒啦？」
「過世了。」
過世？
此話不知是眞是假？
我眼中鯰魚的背影竟憔悴了起來，二人憂鬱的氣息將我感染，我也有點沮喪。
「唉，生老病死，就是這麼回事。」阿珍姨長嘆一口氣。
「您是第一次嘗試自殺嗎？」鯰魚追問。
「自殺？」阿珍姨花了些時間才意會過來。「對，我第一次這麼做。」
「我以前曾經做過。」
鯰魚邁開腳步，靜靜走向阿珍姨。
「你還年輕呀，別想不開。」阿珍姨搬出長輩的姿態。
「不年輕，五十好幾了。」鯰魚拍打自己的肚腩。
阿珍姨似乎將鯰魚視爲同道中人，漸漸接納了他。
「這是我的助理，阿學。」
「你剛才說過。」原來阿珍姨有聽進去。
「阿學，你和家裡的關係好嗎？」鯰魚忽然將問題拋向我。
「這……，」不知如何是好，我顯得有點狼狽。「普普通通。」

「這小子和家裡處得不好。」鯰魚向阿珍姨解釋。

「要孝順父母呀。」阿珍姨叮嚀我。

「是，是。」我支支吾吾回應。

「雖然不常回家，但你討厭父母嗎？」鯰魚打算將我的隱私曝晒在陽光之下。

我瞪向鯰魚，希望他懂得適可而止。

「我不討厭他們。」

「那麼，你愛他們嗎？」

可惡的鯰魚，這便是他要我上樓的原因了。

此情此景，我不得不硬著頭皮回答：

「愛啦。」

「看吧，孩子還是愛著父母的。」鯰魚朝向阿珍姨伸出右手。「下來吧，無論發生什麼事情，他們總有一天會明白。」

事件即將落幕，我屏住呼吸，深怕阿珍姨做出令人遺憾的決定。

他們望著彼此，不再多說什麼。

終於，阿珍姨握住鯰魚的手，遠離了牆邊。

我這才敢吐出一大口氣。

原以爲阿珍姨脫離險境後，便會順從我們的意思乖乖下樓，果然，工作中不如意事十之八九。

「我才不要下樓。」阿珍姨一臉倔強。

「不下樓，難不成待在這兒晒太陽？」鯰魚好奇地問。

阿珍姨使勁搖了搖頭。

「就是不下樓。」

只見鯰魚雙手叉上腰際，嘆了口氣，對於眼前的老婦，總是泰然的鯰魚竟也頭疼起來。

我悄悄走向阿珍姨身後，就怕她哪根筋不對，再爬上牆就不好了。走位不過花費數秒，待我抵達定位，卻發覺手心裡滿是汗水。

至少，我們不會再讓阿珍姨走近牆邊了。

今天不會。

「我都上來陪妳聊天了，也該配合一下吧？」鯰魚無奈地問。

「你們只想哄我下樓，我的兒子呢？」阿珍姨傲視一切。

「您的兒子住在哪裡？」我脫口而出。

「你瞧！」阿珍姨扯開嗓子質問鯰魚：「連我的兒子在哪都不知道，還敢說要帶他來？」

鯰魚揮揮手，打斷了她。

「阿珍姨，您貴姓呀？」

「問這做啥？」

「都不知道妳是誰呢，去哪裡找兒子？」鯰魚說出長篇大論，不給阿珍姨空隙：「下面來了那麼多人，代表大家都關心妳的狀況，下樓後慢慢解釋，我們一定會找到妳的家人。」

鯰魚的話合情合理，無論如何，這樁事非得告訴她的家人才行。

「樓下有很多人嗎？」阿珍姨一臉擔憂。

「是呀。」鯰魚如實回答。

「那我更不要下去了。」阿珍姨又搖頭。

鯰魚看來有些生氣了。

「爲什麼？」

「人多嘴雜，這事傳出去多難聽呀？」

她說得倒也沒錯，可這人未免太愛面子。

樓下圍觀的記者、群眾們，其實和食人魚沒有兩樣，嗅出他人的不幸而聚集起來，非得見著骨血才可能散去。

「換個角度思考吧，」鯰魚心平氣和地說明：「這不全然是件壞事，兒子看到新聞，或許便來見妳了。」

阿珍姨終於安靜下來，似乎在盤算些什麼，由此可見，兒子在她心目中占有多麼大的地位。

只是，阿珍姨的兒子爲何離她遠去呢？在異地工作？又或是親子間不和睦？

我和鯰魚不敢多問，深怕就此撬開潘多拉的盒子，讓情況更難以收拾。

「先離開頂樓再說吧。」我在內心祈禱。

「放心，妳的案子由我負責，下樓後還會陪妳聊天。」鯰魚無奈地說。

「眞的嗎？」

「嗯。」

阿珍姨自顧自走進了樓梯間。

「我累了，載我回家休息吧。」

我們二人沒敢告訴阿珍姨，她還得到警局製作筆錄，媒體記者也可能纏著她不放。

只求她平安走下樓梯，可別摔著了。

才走出公寓大門，嗜血的媒體記者們一瞬衝破了封鎖線。
「退後！退後！」前來支援的警力嘗試以肉身隔開群眾。
「妳爲什麼要自殺呢？」壯碩的男記者質問。
「才不是自殺呢！」阿珍姨高喊主張：「我在找兒子！」
「別再回答他們了。」鯰魚湊近阿珍姨的耳旁低聲說明。
「自殺未遂有什麼感想？」面無表情的年輕女記者將麥克風推向我們。
「沒有別的新聞好報嗎？」一面受到眾人推擠，我在心中埋怨。
算了，也好，這意味桃園地區除了這齣鬧劇，沒有其他重大事件了。
終於將阿珍姨護送進警車，她在乘坐的過程中撞著頭部，忍不住抱怨幾句：
「不是說要陪我聊天嗎？」
阿珍姨拽住鯰魚的袖子，不讓他遠離警車。
「妳得先去警局一趟。」鯰魚這才說出實話：「別緊張，只是例行公事，之後由我負責妳的案子。」
「眞的嗎？你到底是誰？」阿珍姨好奇地問。
「我姓洪，桃園地檢署的曆股檢察官。」鯰魚拿出識別證。「我不會騙妳。」
阿珍姨這才肯鬆開手掌，員警趕緊將車門闔上，鯰魚拍了拍警車的車頂，宣告這樁鬧劇告一段落。
「兩位是員警嗎？」女記者非得從我們身上搾取些什麼。「爲什麼要救她呢？」
「妳在問我嗎？」鯰魚故作意外貌。
「不然呢？沒有別人了。」

鯰魚拍拍我的肩膀。

「救了老婦的是這位年輕人。」

「成爲英雄的感覺怎麼樣？」記者們纏上了我。「這是你第一次救人嗎？」

鯰魚向我使個眼色，就此退出人群，筆直朝向警察走去，徒留我狼狽應付媒體。

逮住一名落單的員警，鯰魚趕緊提問：

「你們現場最大的官是哪位？」

「施學長。」年輕員警指向遠方。

「我是桃檢的檢察官，請他過來見我。」鯰魚滿臉疲憊。

年輕員警趕緊跑了過去。

「主管沒來現場呀？」鯰魚忍不住嘟囔一句。

「找我有事嗎？」一早便見著的粗獷員警走向鯰魚。

鯰魚伸出右手。

「我是桃檢的檢察官，即將負責剛才發生的案子。」

「你好。」施警員草率地和鯰魚握了手。

「交代下去：老婦在嘗試自殺的過程中不斷提及兒子，務必於筆錄中載明。」鯰魚說。

「是。」

「筆錄做完就送她回家休息，不必來地檢署了。」鯰魚說：「但將筆錄移轉至地檢署。」

「是。」施警員不情願地敬禮，坐上另一輛警車離開現場。

鯰魚看向空無一人的公寓頂樓，下意識嘆了口氣，對於大多人而言，這樁跳樓事件就此落幕，我們的工作才正要開始而已。

巴哥站在街角望向我們，贊許般點了點頭，帶著劉遠踏上返回桃檢的歸途。

「抱歉，我該回去上班了。」試圖擠出重重包圍，我向人們反覆解釋：「不好意思，請借過一下。」

爲了什麼而賠罪呀？好不容易吸入新鮮氧氣，這才感到不悅。

Ψ

返回地檢署的路上，鯰魚一改常態，居然沒向我嘮叨什麼。

「大概是累了吧？」我暗忖。

曾經我也在新聞見過搶救現場，卻沒有「眞實」的感受，總覺得會有另一群人將每樁鬧劇擺平，至少，也會將它們收拾乾淨。

直至今日，我才明白那股顫慄爲何，幸好我們的舉動沒讓阿珍姨向下一躍，否則……。

「否則，現在的心情會是如何呢？」我在心中詢問自己，想像不出答案。

難以言喻的憂懼占滿心思，腳步憑藉著記憶自行回到了三十七號偵查庭，我和鯰魚癱上椅背，久久不做動靜。

林叔沒問什麼，只顧低頭處理手邊庶務，大概已從別人口中得知我們的遭遇，聽著林叔低沉的落筆聲響，竟是我近期最平靜的一刻。

鯰魚待在檢察官席自言自語：

「『喊著想死的人，只是想得到關注。』」

這是劉遠一早曾說過的理論，而我在那緊張的場合轉述給鯰魚，他居然放在心上。

「只是個理論而已。」我回應。

「我當然知道，」鯰魚的嘴角露出獰笑。「世上的理論可多了。」

「沒有別的意思，只想讓您有個參考。」我爲自己辯駁：「這是別人告訴我的。」

「我不在意是誰說的。」鯰魚繼續說：「話從你口中說出，難不成我得追根究柢，找出理論的創始源頭嗎？」

「不……，」雖我是一片好意，此時卻感到無比羞愧。「沒錯，是我說的。」

轉述劉遠的說法，便代表某種程度我信了他。

「『理論』眞的適用於個案嗎？」鯰魚扶著下巴。

「應該不適用吧？」我附和。

「不，也不全然如此。」鯰魚解釋：「『理論』讓我們進行判斷時有了參考，對吧？」

「確實。」

「然而，抱持『理論』而洋洋得意的人，即便被他們料中了結局，不代表那人就是正確的。」

鯰魚說，一面直視我的眼睛。

躲開他的眼神，明明有件事令我更加在意，一時間卻想不起來。

「我們的工作從來就不是心理學、甚至犯罪學可以解決的。」鯰魚自豪地說：「統計記載有過去的資訊，不代表它能解決未來的每一起個案。」

「是呀，每一起案子都有其獨立性。」

「不過……。」

「不過？」

鯰魚沒再說下去，但我能明白他的意思。

誰又知道眼前遭遇的事件，是否稱得上是「通常」呢？

我爲當時輕易地搬出理論感到後悔。

「我幫你們泡壺茶。」林叔打斷我們的討論，拎起辦公桌上的茶壺，打算朝向門外走去。

「我來吧。」

「嗯？」林叔疑惑地看向我。「沒關係，你們休息吧。」

似乎已找回體內的能量，總覺得不能再消沉下去，而那能量的來源究竟爲何？我並不明白。

「我準備好了。」我堅持自己的說法。

「那就好。」林叔將茶壺遞還給我，緩步走回書記官席。

回頭一望，鯰魚大剌剌趴在桌面上睡著了。

「趁現在趕緊睡吧。」我心想：「阿珍姨的案子還會纏上鯰魚的。」

二月十八日　週一

殺害自己能否稱得上「殺人」呢？畢竟，自身的存在當然爲人。

刑法中，未有明文規定自殺的處罰條文，狹義而言，殺人罪不處罰殺害自己的行爲，若未影響公眾，大概不會有訴訟的疑慮。

然而廣義來說，自殺可能被看待爲殺人，自殺未遂也就成了殺人未遂。

但，沒有法官會這麼認定的。

假如自殺有罪，加害行爲與被害者將會同屬一人，且二方面都已喪失求生意志，檢警若追究，豈不加深自殺者的尋死意願？這便是爲何不予以深究。

但，鯰魚稱不上是正常人。

阿珍姨氣沖沖來到三十七號偵查庭，一副打算興師問罪的態勢。

「請問是黃秀珍小姐嗎？」林叔問。

「對，」阿珍姨不客氣地說：「要不然呢？」

她的雙手扠於腰際，與戲劇中準備爭論的大媽沒有兩樣。

林叔總是規矩辦事，沒見他爲誰給斥責過，因此現在的他看來有些氣憤。

鯰魚竊笑著，一面安撫林叔的情緒。

「別和她計較，繼續吧。」

「國民身分證統一編號？」林叔吞下悶虧，深呼吸一口。

回答正確。

「戶籍地址？」

「問這幹什麼？」阿珍姨反問。

「例行公事而已。」鯰魚趕緊打斷二人間的針鋒相對。

阿珍姨這才不甘願地說出資訊，總算確認完畢。

「感謝您來一趟。」鯰魚客氣地做了開場白。

「哼。」阿珍姨一臉不滿。

「別緊張，妳只是證人。」鯰魚回答：「上週發生的事情總要有個記錄。」

阿珍姨彎下腰去，從手提包翻出地檢署的傳票。

「證人？」阿珍姨咆哮：「上面寫著『加工自殺罪』，裡頭還有我兒子的名字，這是怎麼回事？」

我早料到氣氛會變得劍拔弩張，也已勸告鯰魚別這麼做。

而一切只是枉然。

「唉呀……，」鯰魚心虛地說：「例行公事而已。」

才不是例行公事呢，這是我入行以來第一次親眼見到「加工自殺罪」。

刑法第二七五條，又名加工自殺罪：教唆或幫助他人使之自殺，或受其囑託、或得其承諾而殺之者，處一年以上七年以下有期徒刑。

簡單來說：在司法面前只要幫助他人自殺，絕對稱不上是正義。

至於傳票為什麼會寫上阿珍姨的兒子呢？這是鯰魚的慣用手段了，製造某個犯罪嫌疑的「假設」，再藉此進行其他項目的調查。

是險棋，他曾為這類行為付出代價。

我望向眼前的阿珍姨，她顯然對於兒子被當作犯罪嫌疑人一事感到憤慨。

「你看！犯罪嫌疑人這欄居然寫著謝威倫，不就是我兒子嗎？」阿珍姨如此質問，鯰魚反而像是做錯事的那人。

「放心，這只是……。」

「算了吧，她不會相信的。」我低聲提醒鯰魚：「編個好一點的理由。」

瞥向右方檢察官席上的鯰魚，只見他深吁一口氣。

「這是一個『假設』，讓我稍微了解你們的狀況後，案子就會結束。」鯰魚解釋。

「我不相信你說的話。」阿珍姨賭氣說：「做筆錄的時候也是，明明說不會太久，卻耗了我一整天，搞得腰都疼了。」

「妳好好回答我的問題，連傳票都不會寄給你兒子，好嗎？」鯰魚竟敢承諾。

「眞的嗎？」

「眞的。」

「那好吧，」阿珍姨放下傳票，雙手盤在胸口前。「快點問一問。」

「阿珍姨，您的兒子爲什麼不回家呢？」鯰魚問：「這是我最想明白的事情。」

「還不都是因爲那賤女人……。」阿珍姨咬牙切齒地說：「『那女人』把我兒子搶走了。」

「那女人？」

「我兒子耳根子軟，才會被那女人牽著鼻子走。」

我和鯰魚互視一眼，大概明白了案件的狀況。

「『那女人』什麼時候去到妳家呢？」鯰魚問。

「沒這回事！我才不會讓那個賤人進來家門！」阿珍姨歇斯底里喊著。

「明白了，是我用錯字眼。」鯰魚搔了搔鬢毛。「您什麼時候知道那女人的存在？」

「我想想……，大概是三年前吧，我那傻兒子說要帶個人給我認識。」

「請繼續說。」

「沒什麼好說的，我們約在餐廳碰面，一眼就知道那女人不是好東西。」阿珍姨氣得要把臼齒給咬碎了。

偵查庭裡的負面能量將要滿溢而出，鯰魚趕緊轉換話題。

「說說你兒子吧。」

「很聰明，他的成績很好、人也善良，就是太心軟了。」

「心軟？怎麼說？」鯰魚好奇地問。

「他從小就捨不得丟掉東西，把玩具給收得好好的。」阿珍姨的表情看來很是懷念。「就是太念舊了，才不敢跟那女人分手。」

「妳的兒子想和女友分手嗎？」冒著風險，鯰魚問出可能激怒阿珍姨的問題。

「那當然。」阿珍姨果斷回答：「他答應我很多次，說是要和那女人準備分手了。」

「然後呢？」

「然後……，」阿珍姨若有所思。「那女人老是裝作楚楚可憐的樣子，傻兒子一看又心軟了。」

鯰魚的表情看來輕鬆一些，終於讓阿珍姨侃侃而談。

「那女的哪裡不好？」

「長個壞胚子樣。」才講到兒子的女友，阿珍姨又感到氣憤。「你相信嗎？那女的和我碰面時，竟敢染一頭金髮。」

「年輕人就是這樣子呢。」鯰魚不置可否。「還有呢？」

「她怎麼配得上我的兒子？」阿珍姨自豪地說：「你也知道，我兒子可是在金融業上班，不能和這種太妹混在一起。」

鯰魚讀懂我臉上露出的嫌惡，轉過來搖搖頭，要我趕緊冷靜下來。

「上週事件過後，兒子和妳聯繫了嗎？」鯰魚問。

阿珍姨無奈地搖搖頭。

「一定是那女人綁死了他，否則在電視上看到母親自殺，至少該打個電話回家。」

「或許吧。」鯰魚聳聳肩。

「唉，講到這裡心就好痛。」阿珍姨扶著胸口。「我真是白活了。」

「放心吧，」鯰魚平靜地說：「我們是站在妳這邊的。」

「是嗎？」阿珍姨懷疑地看著鯰魚。

鯰魚拍了拍胸脯。

「那當然，不是和您說過：我也是曾試圖自殺的人。」

眞的嗎？

幾天過去，偶爾會想起這件事情，無論是眞是假，未免太過悲傷了。

「正因爲我嘗試過，所以懂得自殺者的心理。」

鯰魚似笑非笑盯著阿珍姨，她則若無其事地環顧偵查庭。

「說明結論，您的兒子確定沒有犯下『加工自殺罪』的可能。」鯰魚宣布：「從此刻開始，他不再是嫌疑人。」

「眞的嗎？」阿珍姨興奮地問。

「但妳再嘗試自殺，兒子有可能又被我們調查。」鯰魚回答：「請珍惜生命。」

沒聽完鯰魚說些什麼，阿珍姨只是點頭如搗蒜。

「我會和妳的兒子聊一聊。」鯰魚平淡地說。

「我的兒子？」阿珍姨看來充滿驚慌。「不……，你怎麼能聯絡上他？」

怎麼能聯絡上他？

就因爲鯰魚將對方設爲「嫌疑人」，便能因此取得資料，這才是鯰魚的眞正目的。

「別緊張，這不是好事一樁嗎？」鯰魚幽幽地說。

「你要和他談什麼？」阿珍姨纏著不放。

「請他要懂得孝順，可以嗎？」鯰魚不耐煩地說：「還是您又有其他高見？」

「……，好吧。」

「公權力挺有用的，對吧？」鯰魚笑道：「他總得接地檢署的來電。」

阿珍姨扭動著身軀，開始嫌棄偵查庭的木椅過於剛硬，讓她還未痊癒的腰部又疼起來，鯰魚安分坐在檢察官席上，不見他有阻止阿珍姨的打算，二人又閒聊了一陣。

Ψ

「再說一次，阿珍姨的兒子是做什麼的？」鯰魚困惑地問。

「信用卡電話行銷專員。」我又一次說出這繞口的職稱：「打電話販賣金融商品的工作。」

「信用卡也能賣？」鯰魚抽出錢包裡的信用卡。「我記得辦卡不必花錢……。」

「是呀，辦卡不必花錢。」

「那，他該怎麼賺錢呢？」

「意外地，銀行就有辦法賺錢呢。」我笑著回答。

鯰魚摸不著頭緒的樣子令我感到有趣，總算輪到我指導他了。

話說回來，現行的金融結構對於鯰魚確實不易理解。

「十個辦卡的人當中，只要一人不按期繳納卡費，銀行不就有錢賺了？」我解釋：「循環利率是很可怕的。」

「有道理，」鯰魚彈了下手指。「確實還有方法營利。」

「謝先生的職業和案情有什麼關係？」我趕緊將話題拉回正軌。

「你以爲，我們爲什麼要將謝先生當作『犯罪嫌疑人』？」鯰魚拿起桌面上的文件。

「才能以證人的身分傳喚阿珍姨，不是嗎？」

「對，也不對。」鯰魚擺弄手上的傳票。「這不就合法弄到了謝先生的個人資料嗎？不費吹灰之力。」

合法？不盡然吧？

眞要追究起來，將謝先生當作犯罪嫌疑人一事，鯰魚絕對可說是濫用職權。

「明天，就來聯繫這位高級銀行專員吧。」話才說完，鯰魚便將手上的傳票複本給撕碎了。

即將開始的是一樁「家庭調解」，這不見得輕鬆，謝先生永遠不會知道，自己曾被視爲「加工自殺罪」的犯罪嫌疑人看待。

Ψ

重返桃檢未滿足月，鯰魚的懈怠可說是一發不可收拾，這幾天，還未到下班時間便不見他的人影，我和林叔被閒置於地檢署內無所事事。

林叔是個好人，著重細節又善解人意，但要長時間和他待在同一個空間裡，卻是件極爲痛苦的事情。

請別誤會，只因我不擅面對尷尬的氣氛，而林叔也不是個健談的人，如此而已。

早早離開了偵查庭，卻也沒有步出桃檢的打算，暫時脫離鯰魚的魔掌，我打算回去「檢察事務官室」瞧瞧。

「我的馬克杯還在原位嗎？」是個令人不忍觸碰的疑問。

那裡本該是我的辦公室、我的座位，卻因爲鯰魚的「欽點」，我從此搬進了三十七號偵查庭，和同事們就此漸行漸遠。

儘管學長時常關懷我的狀況，我卻不是個喜歡被同情的人。

推開辦公室大門，撲面而來的是男性運動香水味，這裡才是屬於年輕人的空間。只見眾人或站或坐，專注於手邊繁瑣的庶務，我悄悄回到座位，沒人留意我的歸來。

「檢事官們總是如此忙碌。」我忍不住在心中感慨：「眞好，眞充實。」

拉開抽屜，馬克杯果然還在原位，我也就心安了。

這裡像極交通尖峰時刻的臺北橋，人們竄進又竄出，而我只是個旁觀的旅人。

「這不是阿學嗎？」小康學長終於發覺我的存在。「你怎麼回來了？」

「這裡本來就是我的座位……。」我無奈地說。

李組長望向牆壁上的時鐘，已是下午四點四十五分了。

「大家收拾桌面，準備下班。」

聽到這句話，眾人像是洩了氣的皮球，就這麼癱上椅背。

我明白李組長爲什麼提早收工，那是內疚感作祟，要不是當時他答應了鯰魚的要求，我也不會落到今天的下場。

「太好了，李組長居然讓我們準時收拾。」小康擦拭額頭上的汗水。「一起吃頓飯嗎？」

「好呀。」我說，難得大家能夠聚一聚。

「阿仁應該要回來了，等他一下吧。」小康說：「說曹操曹操到。」

身後某人搭上我的肩膀。

「大事件，阿學被調回來了嗎？」定睛一看，果然是阿仁學長。

「才沒那麼好的事呢。」我苦笑著說：「鯰魚蹺班去了，我回來看看而已。」

「原來如此，等我們收拾一下，一起吃頓飯吧？」阿仁看著桌面上的水電配置圖。

「不趕，學長慢慢來。」我說。

「喂！劉遠！」阿仁朝向隔壁走道喊道：「三樓的配置圖讀完了嗎？」

書堆之中，一名年輕人探出頭來。

「剛看完，鉛筆圈起來的地方有些問題，明天再請學長檢查。」學弟劉遠如此說明。

阿仁稍微瀏覽了一下。

「不錯，問題找出來就好辦了，剩下部分明早再說。」

「是。」劉遠回答，一面也收拾著自己的桌面。

「幹得不錯，很少遇到才上任就如此細心的學弟。」阿仁說：「小康直到現在還時常砸鍋呢。」

「喂，別拆我臺。」小康學長蹺起二郎腿，一面抱怨：「趕緊收拾，我和阿學等很久了。」

「我又不像你那麼輕鬆，這就來收拾。」阿仁朝向走道大喊：「劉遠，一起吃晚餐嗎？」

「好呀。」劉遠一派輕鬆地回答。

「你別老在用餐時間談公事，」小康學長說：「學弟們敢怒不敢言呢。」

「好啦。」阿仁學長苦笑著說：「今晚我請客賠罪，絕不談公事。」

「耶！」小康學長振臂慶祝。「賺到了。」

我卻沒有賺到的感覺。

「那個……，」我在內心謹慎斟酌用詞。「抱歉，我忘了放老貓的飼料。」

「什麼意思？」阿仁抬起頭。

「我得先回家一趟。」閃避眾人的眼神。

「要等你嗎？我們在鐵板燒店集合。」阿仁學長說。

「我不想讓大家等我。」我尷尬地說：「你們去吃吧。」

阿仁與小康互看一眼，不知道說些什麼才好。

「你還好嗎？」小康學長好不容易擠出一句關心。

「好得很，」我故作輕鬆貌。「養寵物就是這麼回事。」

我將滑輪椅靠上桌邊，開朗地向大家道別。

「拜拜，下次見了。」

「拜拜，」阿仁學長擔心地說：「多保重。」

頭也不回，就這麼走出檢察事務官室，再多的交流只是令我難堪，沒有我，他們的互動能夠更加自然一些。

「下次得帶走馬克杯，」我提醒自己：「別再忘了。」

二月十九日　週二

平時辦事總是俐落的林叔，此刻竟躊躇了起來。

「這麼做眞的恰當嗎？」

「我也不知道……。」我也充滿擔憂。

明明是奉公守法的司法人員，此刻卻因爲鯰魚的古怪指示，讓我們陷入了道德危機。

「只是打通電話，不會有什麼問題吧？」我心虛地說。

「重點不在於通話，」林叔一臉苦惱。「而是洪檢座取得的手段令我顧忌。」

午餐過後，我和林叔坐在三十七號偵查庭內，好幾次已舉起話筒，卻總是將它放了回去，林叔是個老好人，他的內心肯定充滿掙扎，還是將這份苦差扛了下來。

「不如……，我來撥吧？」看著林叔，我實在於心不忍。「說到底，這事和林叔沒有關係，阿珍姨是我們救下來的。」

「話不能這麼說，」林叔急忙拒絕。「『聯繫』是書記官的工作。」

我們互望一眼，無奈地搖了搖頭，猶豫是否該依循鯰魚的意思辦事。

沒過多久，偵查庭的大門終於被推開，鯰魚叼著牙籤走了進來，心中居然湧出一股安心感，這下總算有長官坐鎭，由他來扛起責任。

轉念又想，問題都是這糟老頭攪出來的，別指望他比較好。

「聯絡上了嗎？」誰都知道鯰魚指的是謝先生。

「還沒有，正準備來打。」林叔回答。

「檢座，案件其實和阿珍姨的兒子沒有關係，」我抓緊最後的機會抗議：「打擾人家的生活好嗎？」

「有什麼問題？」鯰魚一臉困惑。「躲著老媽子也不是辦法吧？」

確實。

「您說得沒錯，但我們該將案子移交給自殺防治中心，」我盡力掙扎。「或引導阿珍姨去看心理醫生。」

「緣分嘛，阿珍姨是我們親手救下來的，何必把案子分出去呢？」

平時總是散漫的鯰魚，偏偏在此時充滿活力。

「檢座，我就明說了。」我鼓起勇氣。「您取得謝先生的個資手段並不正當……。」

「那不是問題，我先懷疑他、接著還給他清白，不過如此而已。」鯰魚的語氣略顯急躁。「責任我會扛，你緊張什麼？」

也是，林叔這才有信心拿起話筒。

「等等，」鯰魚連忙阻止林叔。「這通電話讓阿學打吧。」

「什麼？」我驚呼。

「阿珍姨是我們兩人救下來的，你比較了解情況。」鯰魚一副理所當然的樣子。「年輕人之間的事情，長輩不要干預太多。」

「不，聯絡的事情交給書記官吧。」林叔爲我圓場。

「這不只是聯絡而已，」鯰魚回到檢察官席，一面掏弄耳朵。「聯繫阿珍姨的兒子，是爲了『偵查』。」

是呀，否則我們又爲何鋌而走險呢？

我認命走向書記官席，一把接過電話。

「檢座，我該問些什麼？」雖然心中已有個大概。

「像以前一樣，閒聊就可以了。」鯰魚專注於對抗堅實的耳垢。「隨便找個理由，約他出來見面吧。」

我想起一句諺語：清官難斷家務事。

情況可別變得越來越複雜，我祈禱著。

聽筒那端響起了嘈雜的嘻哈音樂，來電答鈴循環一輪過後，對方終於接聽。

「喂，您好。」傳來親切的年輕男聲。

「你好，」我硬著頭皮說明：「這裡是桃園地檢署，請問是謝先生嗎？」

青年的聲音一沉，似乎提起警戒。

「是，有什麼事嗎？」

「別緊張，不是法律問題。」我匆忙解釋。

「那就好。」

彷彿能看見電話那端的人鬆了口氣。

「我是檢事官，敝姓曾。」我開門見山地說：「想和您聊聊令堂的狀況。」

「令堂？」謝先生的聲音充滿困惑。

「他可能不懂『令堂』的意思。」身旁傳來低語，林叔提醒我。

「想聊聊您母親的狀況。」

「我媽怎麼了嗎？」謝先生緊張地問。

看來對方還是心繫老母親的狀況，不是個無可教化之人，聽見他擔憂的語氣，很難想像他是個斷絕聯繫的不孝兒子。

「別擔心，事情並不緊急。」我搔了搔頭。「只是，你知道母親的狀況嗎？」

謝先生的語氣變得急迫。

「不知道，我媽怎麼了？快說！」

「她上週試圖跳樓，被我們救了下來。」我不再迂迴。

電話那端陷入沉默，一度使我懷疑是否沒了收訊？

終於，傳來一聲嘆息。

「她沒事吧？」謝先生聽來有些惶恐。

「沒事，她想見你一面，或許不是真心尋死。」我解釋：「不過，這種事沒人說得準。」

「我明白了，謝謝你救下我媽。」

「等等，」深怕他就此掛上電話。「你不想多了解母親的狀況嗎？」

「我還在上班，」謝先生又嘆了口氣，原先開朗的氣息不復存在。「晚上七點聯繫好嗎？」

我望向鯰魚，他點頭答應。

「好，晚點再聯繫你。」

「主管在找我，再見。」

「再見。」話沒說完，他已掛上電話，嘟、嘟、嘟、嘟。

不解的事情反而增加了，總覺得阿珍姨的兒子懷有隱情。

鯰魚坐在一旁竊笑著。

「奇怪了，」我感到困惑，忍不住心想：「鯰魚不是最討厭加班嗎？」

「林叔。」鯰魚突然出聲。

「是。」

「雞排或爆米花，你選哪一個？」

林叔對突如其來的提問感到困擾。

「什麼意思？」

「好戲即將上演，你不打算準備零食嗎？」

「不了。」林叔搖搖頭。

「你眞節制，我兩樣都想吃呢。」鯰魚把玩自身肥厚的肚腩。「難怪會變成這身材。」

Ψ

望向桌上的便當，裡頭裝滿廉價三色炒豆，不悅感忽地湧上。

桃檢所處的區域並非偏僻，只是每逢黑夜降臨，附近營業的店家便少了許多，午間才是當地餐飲業的競爭時段。

這意味著司法的沉重。

一旦地檢署的員工下班，眾人便飛也似地逃離本區，沒打算在周遭用餐。司法不只爲一般民眾帶來困擾，法界人士更是身陷壓力之中。

每逢加班，林叔會請附近的自助餐店爲我們送來餐盒，便宜歸便宜，但也無需期待能享有口福，以筷子挾起一粒粒的三色炒豆，心情很是苦悶。

身旁的鯰魚舉起便當，將裡頭的飯菜狼吞虎嚥一番，沒過多久，餐盒裡只剩下油膩的亮光。

「我去抽根菸，七點前回來。」鯰魚將手掌的油膩抹在外衣上，走出偵查庭。

我和林叔早已習慣這景象，對於鯰魚懂得起身走走，我竟感到欣慰。

時針甫經過七點，我便拿起了電話。

「那就撥囉？」我詢問二位前輩的意見。

「打吧，你最好做好準備。」鯰魚沒來由丟下這麼一句。

「做好準備？」

「你最好做好準備，」鯰魚再說一次：「對方可能已有對策。」

對策？過於誇張了吧？

又不是要上戰場。

聽筒那端再次響起嘈雜的嘻哈音樂，這回很快便被接起。

「喂？」電話那頭傳來女性的聲音。

我驚訝地看向鯰魚，他擺出一副「我早說了」的表情。

「妳好，我找謝威倫先生。」我盡可能保持冷靜。

「他不方便聽電話。」

碰了根軟釘子。

「這裡是桃園地檢署，我是檢事官，有事想找他討論。」爲自己找個臺階，我說：「謝先生什麼時間有空，我再聯繫。」

「有什麼事情？」那是強硬又悅耳的嗓音，抗拒我的糾纏。

「我改天再聯絡，再見。」我只好落荒而逃。

「不說清楚，就別再打來。」女聲果斷說出：「這樣只是打擾我們的生活。」

我無奈地闔上雙眼。
「我找謝先生，是爲了和他討論母親的狀況。」不得不直搗正題。
「謝媽媽的事情，和我說明就可以了。」年輕女性說。
「請問妳是哪位？」雖說答案呼之欲出，還是得確認一下。
「我是謝威倫的女友。」
「妳好。」
「你好，叫我靜雅。」
彷彿開戰前的先禮後兵。
謝先生的女友，擁有與其個性相反的優雅名字。
「這件事情牽涉到個人隱私，能讓我直接向謝先生說明嗎？」
「沒關係，他的事情就是我的事情。」靜雅小姐反問：「威倫有做什麼違法的事嗎？」
「不，沒有。」我以肯定的語氣說出：「妳可以放心。」
「我能放心嗎？」靜雅小姐質問：「既然威倫沒有問題，你們憑什麼取得他的聯絡方式？」
這人的嘴上功夫眞是厲害。
一旁的鯰魚見我招架不住，作勢要接過電話，我搖搖頭，不想這麼敗下陣來。
「你扮白臉，別和她爭。」鯰魚輕聲說：「我來。」
只好將聽筒交給鯰魚，話說回來，這婁子本就是他捅出來的。
「電話換人接聽，我是洪檢察官。」
「能回答我的問題嗎？」靜雅小姐緊咬我們的弱點不放。「你們如何取得威倫的聯繫方式？」
「一切都合乎邏輯，這不是今天的重點。」他硬是轉移焦點。

「當然重要……。」

靜雅小姐還沒說完，鯰魚便打斷了她的話。

「妳憑什麼替男朋友發言？」鯰魚強勢地指責：「地檢署要找的人是謝威倫，不是妳。」

兩人像是正進行一場擊劍競賽，鯰魚躲過追擊，反而刺向對方的弱點。

我有些佩服，鯰魚竟將情勢扭轉過來，但這麼下去，恐怕會釀成難以挽回的局面。

「換我來吧。」我說。

「嗯。」鯰魚乾脆地將電話交付給我。

「我是曾先生，阿珍姨上週嘗試跳樓，你們知道這消息嗎？」不給她喘息的機會，我趕緊將狀況傳遞過去。

話才說完，我聽見靜雅小姐發出的厚重鼻息。

「我知道，有在新聞上看到。」

「謝先生知道嗎？」我問。

「不知道。」靜雅小姐冷靜地說：「我沒跟他說。」

「這樣眞的好嗎？」

「知道又能怎樣？」靜雅小姐聽來充滿無奈。「這就是『那女人』的慣用手法。」

有意思。

兩個互稱對方爲「那女人」的女人。

「妳說的『慣用手法』，是指阿珍姨過去也曾嘗試自殺嗎？」我好奇地問。

「不，但也相去不遠。」靜雅小姐解釋。

「能夠舉例嗎？」

「威倫沒有詳細對我說。」靜雅小姐感到憤慨。「但，那女人會用各種手段威脅他和我分手。」

「這樣呀……。」

想起鯰魚剛才所說的『你扮白臉』。

「眞遺憾，我是站在妳這邊的。」我說。

「是嗎？」靜雅小姐略顯雀躍。「等一下，我的電話響了。」

「妳先接吧。」話才說完，便聽見「碰」的一聲巨響，鼓膜幾乎感到刺痛。

她將謝先生的手機粗魯扔上桌面。

我們三人一齊湊近聽筒，窺覬年輕女性的日常生活。

「雪倫，我現在有點忙，碰面再聊吧。」傳來靜雅小姐模糊又微弱的聲音。

「好呀，什麼時候？那裡的甜點好像很厲害。」

「後天唷，我看看，沒有工作。」

「我想想喔，下午兩點半好了。」

「嗯，好，拜拜，後天見囉。」

林叔像個做錯事的孩子趕緊跳開，故作不知的樣子顯得有些好笑。

「原來，女孩子間的通話是這樣子。」我從未明白，待在陽剛味滿溢的辦公空間裡，早忘了同齡女性爲何物。

鯰魚似乎已得到他要的解答，意興闌珊地走回檢察官席。

「接下來該怎麼做呢？」我在心裡盤算。

「不好意思，工作上的學姐臨時來電。」靜雅小姐重新拾起男友的手機。「喂？你還在嗎？」

「還在，」我強迫自己回過神來。「剛才說到哪裡？」

「威倫的媽媽會對他『情緒勒索』。」靜雅小姐提醒我。

「沒錯，我是站在妳這邊的。」我說。

「謝謝。」

「所以……。」

「所以？」

「我們必須見個面。」我語帶威脅地說：「否則，檢察官就得傳喚謝先生。」

「傳喚威倫？爲什麼？」靜雅小姐的聲音充滿不悅。

「根據刑法二九四條：對於無自救力之人，依法令或契約應扶助、養育或保護而遺棄之，或不爲其生存所必要之扶助、養育或保護者，處六月以上、五年以下有期徒刑。」我解釋：「簡單來說：阿珍姨終究是謝先生的母親，若棄她於不顧，恐怕有法律上的責任。」

彷彿能見到靜雅小姐生悶氣的模樣。

「請讓我當面給妳一些建議，」我一鼓作氣說了下去：「順便完成檢察官要求的偵查。」

「好吧，」終於推倒這面高牆。「什麼時間方便？」

「週四，下午三點半好嗎？」想都沒想，我順勢說出口：「我們可以約在臺北見面。」

「就約在臺北的田野菓鋪吧。」

「週四下午見。」

「再見。」

掛上電話後感到無比放鬆，輕快走回座位。

「總算能夠下班。」我心想，一面收拾便當。「週四也有理由外出，眞是今晚最好的結局。」

「林叔，您先離開吧。」鯰魚渾濁的嗓音打斷我的思緒。

「稍等一下，我快完成今天的工作日誌了。」林叔緊盯螢幕，努力敲打鍵盤。

「那東西無所謂啦，」鯰魚不耐煩地說：「先下班吧，快回去陪家人。」

林叔思考一會，不再和鯰魚爭辯，將個人用品塞入公事包後，離開了偵查庭。

「搞什麼？」我在心裡埋怨。

和鯰魚共事已是極大懲罰，他竟還試圖和我相處，我只好加快收拾的速度，心情早逃出了桃園地檢署。

當我俐落將椅子靠上時，鯰魚叫住我：

「喂，你有時間嗎？」

忍不住嘆了口氣。

「您還不打算下班嗎？」我無奈地回應。

「你小心點。」沒想到鯰魚一臉嚴肅。

「我？為什麼要小心？」

「有些人擅於『選擇』，有些人則樂於『被選擇』。」鯰魚說著意味不明的話：「你是哪種人？」

說什麼呢？

身而為人，總會有「選擇」和「被選擇」的時刻，誰也逃避不了吧？

「不知道。」我隨口回答。

「總之，你小心點。」鯰魚又說一次。

「您才小心點！」我忍不住回嘴：「別再讓我們惹上麻煩。」

丟下這句話，我朝向門口走去，瀟灑地離開了地檢署。

重新找回輕快步伐，即將迎接我的名爲「假期」。

二月二十日　週三

「好啦，我起床了。」我連忙推開老貓，指尖在眼頭發覺了眼垢。「別再舔啦，臉上都是油脂。」

狗貓的腎臟比起人類要小上許多，不該讓他們攝取過多油鹽，這是我在書上讀到的。不情願伸了個懶腰，明明打算再睡場回籠覺，老貓卻不肯放過我。

「我放棄，起床了啦。」我無奈地撫摸眼前這隻三色貓。

自從老貓成了我在租屋處的室友後，即便是假日，他也不肯讓我睡過早上九點鐘。陽光穿越紗簾灑在套房中，光影交錯美得恰到好處，想必是個舒適的一天。

「平時雖由我餵養老貓，但他又像父親般的角色，總會叫我起床呢。」我心想，一面為老貓的自動餵食器補充乾糧。

「喵。」老貓站在一旁嘉勉我。

「你這老傢伙。」我將老貓一把抱起，搔弄他的肚子。

「喵。」老貓一臉嚴肅，不知道嘀咕些什麼。

「跟我玩嘛，你很古板耶。」不顧老貓厭世的表情，我繼續為他搔癢。

老貓倏地翻過身來，惡狠狠朝我的手臂啃咬下去，我發出「啊」的一聲慘叫，放開了老貓。杵在原地，聽聞門外有無動靜，要是引起房東的注意就糟了。

「沒事，抱歉呀。」幾分鐘過去，這次我溫柔地抱起老貓。「等會我去書店一趟，你乖乖待在家裡。」

Ψ

經過二十分鐘的車程，我來到誠品桃園統領店，這次沒有其他人的陪伴，我更能夠專注於閱讀。

「心理相關書籍……，有了，心理勵志區。」佇立在眼前的是一片熱銷書籍，上頭滿滿的名人相片及勵志標語。

「『愛上過去的自己』、『蔡先生的談話之道』……，不，我要找的書不在這裡。」我自言自語：「這也難怪，探討負面情緒的書籍怎麼會熱銷呢？」

走向後方書櫃，終於在密密麻麻的書背中望見一本談論「情緒勒索」的書，我踮腳將它拿下，席地而坐讀了起來：

伴侶間；親子間；職場間；又或是你我之間，原來都充斥著情緒勒索。

那是一股來自深層的無能為力，卻又不願示弱的表現。

『你要是和我分手，我就不想活了。』

『爸媽這麼做，都是為你好。』

『公司採用「責任制」，加班是種試煉。』

許多時候我們選擇遷就他人，不代表誰活該身陷其中。

閱讀完一瞬，我忽然質疑起了儒家文化，它讓社會得以穩定運行，蘊藏有不容質疑的道德信仰。

忠於國家，即使在位者獨善其身。

孝順爸媽，天下無不是的父母。

無論你有什麼想法，請先深吸一口氣，讓自己冷靜下來吧，禮貌做足才能開啓談話。這便是我眼中的華人社會：不常爭吵但絕非平靜。

在乎他人的感受、渴求別人的肯定；擔心被絕交、不想被淘汰，卻鮮少詢問自己：「你要的究竟是什麼？」然後，撇開不在意的事情，再也不因此煩心。

名爲放下。

我們不這麼做，放任自己遊走在徬徨的迷霧之中，挑選幾張美得過分的相片傳至社交平臺，任它成爲生活的唯一象徵。

是本好重的書呀，無論物理條件又或是內容，站起身來，再一次扛起重量，將它放回原位。

「好餓。」我低頭看向手錶。「居然一點半了。」

用餐區空蕩蕩的，今天是週三，上班族都已返回崗位了吧？明明排定休假，還待在租屋處附近的人恐怕不多。

但，對我來說正好，就想這麼靜著。

桌上擺放一杯少冰黑糖奶茶，店員將其餘器皿收拾個乾淨，我拿起吸管擺弄杯裡的冰塊，因此發出些許碰撞聲。

「無所謂，不要在意別人的看法。」濫用剛才讀來的知識，爲一樁無聊戲碼感到有趣。

總算吃飽喝足，我半躺在沙發上，試圖以手機查詢資訊。

『眞正想要自殺的人，才不會說出口呢。』學弟劉遠的聲音在腦海中揮之不去。

聽來很有道理，又感到不大對勁，說不上來爲什麼。

我在搜尋頁面上鍵入「情緒勒索 自殺」，出現健康報刊裡的文章。

被自殺者情緒勒索，該怎麼辦？

對方若是拿出生命來威脅，我們很難不受影響，除了告訴自己：你沒有責任滿足他人，更應該停、看、應，最重要的是讓自己冷靜下來。

除此之外，若現場處於緊急狀況，請務必請求支援。如果對方透過電話向你求救，請確認他的身邊有人、或請求他人協助。

如果您無法提供協助，請誠實地向對方說出你的難處。

你在乎對方，但他的生命與情緒並非你的責任。

「有什麼用呢？」我氣得將手機扔上沙發。「我就是那非得處理的人呀！」

大概我是患了「冒牌症候群」：那是種了解越多、反而認爲自己並非專家的心理狀態。

若再遇上試圖自殺的人，我有信心能勸他下來嗎？答案是否定的，儘管自己的經驗和眾人相比已是多了。

陷入不踏實的心理狀態，我拿起黑糖奶茶用力吸吮一口，拜託糖份讓心情平靜下來。

「是不是遺忘了什麼事情？」我自言自語。

近兩週發生幾起大事，但也沒多到令人記不清的程度。

糊塗了呢？還是抗拒想起某些片段？我將糖水一飲而盡，踏上歸途。

二月二十一日 週四

今天不需要老貓的協助，我早醒了過來。

「喵？」老貓站在書櫃上俯瞰，對我如此清醒的模樣感到奇怪。

我拎起公事包並將它倒置，裡頭的雜物傾瀉而出。老貓好奇湊了過來，我則扶著膝蓋起身。

「借過一下。」

將垃圾桶自床邊拉近。

過期的統一發票，扔掉。

繳完費的收據，扔掉。

不知打哪兒來的傳單，扔掉。

公事包瘦了，我肩上的負擔也小一些，望著即將滿出的垃圾桶，我十分滿意今早的勞動成果。

總得找些什麼來填補不願面對的空虛，我早就想起來了，卻假裝它不存在。

今天得探個究竟，憑藉這股早起的動力。

Ψ

「喔！」林叔推開偵查庭大門，驚訝地向後一跳。「早安。」

看見林叔嚇著的樣子，我感到有點好笑。

「早安。」

每天總是林叔率先抵達三十七號偵查庭，再來是我，至於鯰魚總姍姍來遲。

今早我攪亂這項規律。

「林叔這麼早進辦公室？」我望向牆上的時鐘。「才七點四十五分呢。」

「孩子的學校就在附近，送他上課後，我就直接來地檢署了。」林叔解釋。

「原來如此。」豁然開朗。

林叔拿起撣子，勤奮爲室內每個角落清掃。

「需要幫忙嗎？」我問。

「不必。」林叔簡潔地回答。

「我偶爾早到一次，讓我來吧。」

「不，你坐吧。」林叔揮舞著撣子。「這是我的儀式。」

儀式？

只好聽話待在原位。

「早晨是我唯一能夠活動筋骨的時候。」林叔如此說明：「你安心坐著，不必感到抱歉，這是我心甘情願做的。」

我靜靜看著林叔將每樣物品撣去灰塵、擦拭、歸類，無聊卻也有趣，每人都擁有自己獨特的生存動力。

想到這裡，就要按捺不住內心的衝動，關於深埋許久的好奇，我還未能滿足它。

「林叔，方便說話嗎？」我問。

「可以。」林叔專注於儀式之中。

「我擔心打擾您。」

「不會。」

「那個……，」我在心中斟酌字句。「您和洪檢座共事多久？」

林叔停下動作，掐指計算。

「將近十年。」說完，林叔繼續作業。

「你們怎麼相遇的呢？」

「沒什麼特別，碰巧一起工作而已。」

「洪檢座以前是主任檢察官，對吧？」

「是啊。」

「爲什麼被降爲基層資深檢察官呢？」

「只是正常調整。」林叔解釋：「任期滿了還未能陞任，主任檢察官就得成爲『資深檢察官』。」

「降級對他的影響大嗎？」我不斷拋出問句：「還是其他事件改變了他？」

「阿學。」林叔打斷我，作勢要我暫停提問。

「嗯？」

「我知道你想要問什麼。」林叔手拿撢子，直盯我的雙眼，像是看透我的思維。

我尷尬地別開眼神。

「我也搞不清楚自己的想法。」

「你的心情我明白。」林叔輕嘆一口氣。「但是，別再問下去了。」

「抱歉。」我愧疚地說：「希望沒讓你的心情不好。」

「你也別去打聽，那是檢座的私事。」

「知道了。」

要是這時候離開偵查庭，反而顯得沒有風度，時間一分一秒流逝，也該是林叔歇息的時候了，這才明白要是沒有林叔的努力，偵查庭早被鯰魚的各種惡習毀滅了。

「阿學，你幾歲？」沒有預兆，換林叔拋來問題。

「三十一歲。」我誠實回答。

「還算年輕。」

「不，越來越健忘了。」我感到尷尬。

「還算年輕，眞的。」林叔感慨地說：「我們都經歷過一些不好的事情。」

不再搭話，沉默聆聽著林叔的囑咐，我明白，林叔口中的「我們」並不包括我。

「不好的事情，改變我們對於環境的看法。」林叔繼續說下去：「你們卻沒有必要背負，懂嗎？」

「懂。」

「懂嗎？」見我沒回答，林叔又問一次。

看著林叔瘦削的身影，感到無以名狀的難受。

他拿起擺在我桌上的茶杯。

「今天我來泡茶吧。」林叔說。

「……，謝謝。」不知爲何，我認爲此刻最好順從他。

林叔步出偵查庭，各自獲得一段獨處時光。

這下便能夠明白：鯰魚確實有些故事是我不知道的。

抬頭一看，見著匆忙走進辦公室的鯰魚，今天依然狼狽。

「幸好趕上了。」鯰魚將油膩粉紅色塑膠袋扔上桌面，掏出一顆大飯糰。「幹嘛看我？」

「不，沒什麼。」我笑著說：「下午我會去臺北進行偵查。」

「嗯。」鯰魚簡短地回答，忙著咀嚼糯米飯。

讓過去就這麼深埋於過往長河，或許才是對的。

「好好享用你的早餐吧。」我心想，此刻的鯰魚有些惹人憐憫。

Ψ

來到臺北市仁愛路上的甜點店，這是間簡約、優雅的女性向下午茶餐廳，若不是爲了偵查，我永遠不會來到這裡。

走進店鋪前，我拿起昨晚特地準備的墨鏡，將它掛上鼻梁。穿著圍裙的女店員看見我這模樣，似乎嚇了一跳。

「請問有什麼事嗎？」

「我要用餐。」我說明藉口：「不好意思，我的眼角受傷了。」

「好的，裡面請，歡迎光臨！」女店員突然拉大嗓音。

「歡迎光臨！」其他店員們給予了回應，卻沒人正眼瞧我一下。

這就是臺北，每次來訪總有新鮮事，一小片蛋糕要價兩百元，其他區域不常見到的消費水平。

看向手錶，確認時間已是下午二點二十分，甜點店裡的坪數不大，只擺放大約十組四人座位，目前僅有幾位中年婦女、高中女學生、以及一名也戴著墨鏡的中年男子，顯然都不是我的目標。

隨意點杯飲料，我從公事包悄悄抽出借來的強指向麥克風，戴上單邊耳機，把麥克風置於桌下，並將它調整朝向空座位區。

我很清楚，兩位女客人即將到來。

隔著落地透明窗，看見兩名妙齡女子熱切地迎接彼此。

「嗨，好久不見了。」留著長黑直髮的女子抱緊另一人。

「對呀，學姐最近好嗎。」頂著一頭金黃色短髮，這人巧妙隔開了二人的距離。

從她們的對話能夠得知，金髮女子應該是今天的目標，那位靜雅小姐。

二人的大嗓門，使整間餐廳充斥她們的歡笑聲，早知如此，就不必租借這些器材了。

「小雅，妳要點什麼？」明明提供了兩份菜單，她們非要歪頭斜腦地看著同一本。

「我有上網做功課。」靜雅小姐從桃紅色水餃包拿出手機。「妳看，這裡的草莓蛋糕好像很棒。」

「眞的耶！怎麼辦？我原本也想點草莓蛋糕。」學姐湊近靜雅小姐的螢幕。

「妳就點呀，沒有關係。」

「可是，這樣我們兩人就吃一樣的蛋糕了。」學姐猶豫不決。「嗯……，怎麼辦呢？」

我將耳機拔出，忍不住扶起額頭，總覺得有些疼。

「大老遠來到這裡，可不是爲了聽這些內容。」我在內心埋怨。

我輕輕吐出一大口氣，爲求謹慎，勉強還是將耳機塞回。

一戴便出了問題，喧鬧已然消失，取而代之的是一陣「喀擦」聲響。

「壞掉了嗎？」我緊張地敲打耳機。「天啊，這可是租來的，我不想賠錢呀。」

抬頭一看，才發覺二人拿起手機向蛋糕猛拍，快門聲在店裡此起彼落，暫時取代了喧譁聲。

我加速搓揉太陽穴，只求能撐到傍晚就好。

「『那女人』眞的很過分耶，妳知道嗎？」靜雅小姐突然提到關鍵字。

她們剛才只顧討論「外拍」這項工作，一不留神便打了個盹，我趕緊嚥下咖啡，讓自己回過神來。

「她又做什麼了？」學姐安慰靜雅小姐：「不用太在意啦。」

「爲了逼威倫回去桃園，她竟然假裝要自殺耶。」靜雅小姐比劃得活靈活現。「我怎麼可能不在意？」

「哇塞，這也太誇張了吧？」學姐骨碌碌轉動著眼睛。「威倫知道嗎？」

「我昨天跟他說了。」靜雅小姐無奈地回應：「有檢察官打來，我不得不告訴他。」

「他還想回到那個家嗎？」學姐問。

「不是威倫的問題，是那女人不好。」靜雅小姐依然憤憤不平。「沒見幾次面就罵我賤人，她才是賤人呢！」

「好啦，別氣了。」學姐安撫她：「威倫應該乖乖待在租屋處吧？」

「嗯。」靜雅小姐品了口咖啡。「我告訴他：『你要是敢回家，我就跟你分手。』」

「他有聽你的話吧？」

「有。」靜雅小姐的語氣收斂一些。「威倫也蠻可憐的，這麼做都是爲他好。」

「怎麼說呢？」

「威倫回去桃園，那女人一定會想盡辦法綁住他，一哭二鬧三上吊。」

「有這種恐龍家長，眞夠你們受了。」學姐調侃說：「也不想想妳有多少乾爹爭寵，他還不懂得好好珍惜？」

「別鬧啦！」靜雅小姐忍不住嘻笑。「好噁心喔。」

她們身旁那戴著墨鏡的中年男子發出咂嘴聲，使我對他產生了好奇，我趕緊將桌下的麥克風調整角度。

「嚼、嚼、嚼……。」噁心的咀嚼聲彷彿在哪聽過。

低頭看向手錶，已是三點十五分，我趕緊摘下耳機，拿起帳單走向櫃臺。付完帳後，我匆忙跑向附近的百貨公司，準備以另一副裝扮再次走進甜點店。

「有人在等我，那位金髮女性。」我向剛才見過的女店員說明。

「裡面請。」我知道她即將說些什麼：「歡迎光臨！」

「歡迎光臨！」同事們再一次回應了她。

筆直走向靜雅小姐，她似乎也明白我的身分。

「妳好，」我向她詢問：「請問是靜雅小姐嗎？」

「是……，你好。」對於這稱呼，她感到不大適應。「學姐，對方來了。」

只見學姐俐落站起身來，打算離開。

「你們聊吧。」

她們二人再度擁抱，在我看來，那反而顯得生疏，彷彿有一道永遠跨不過的距離。我拉開學姐剛才坐著的木椅，發覺那裡還殘留有體溫。

「我是桃園地檢署的檢事官，敝姓曾。」我遞上名片。「感謝妳撥空和我見面。」

「我才要感謝你，特地跑這趟來給我們建議。」靜雅小姐收下名片。

「你們？」

「是呀，我們。」靜雅小姐衝著我瞧。「不是要給我和威倫建議嗎？」

「喔，沒錯。」

「客套話不多說了，進入正題吧。」身旁的中年男子摘下墨鏡，逕自加入我們的話題。

我和靜雅小姐驚訝地看向那人。

這才發覺，原來鯰魚也來到餐廳，難怪，惹人厭的咀嚼聲，可不是誰都能發出的。

「你是哪位？」靜雅小姐的語氣中有不滿。

「別擔心，我不是妳討人厭的『乾爹』。」鯰魚語帶刻薄地說：「敝姓洪，我是檢察官。」

「你是變態嗎？」靜雅小姐不甘示弱。「你一直坐在旁邊偷聽我們聊天？」

「講話眞難聽，這裡可是公共場合，坐在這裡錯了嗎？」鯰魚回嘴。

「噓，兩位，請小聲一點。」我趕緊打圓場。

「又不是我的問題。」靜雅小姐抗議。

「好了，吵架不會有幫助。」我爲鯰魚的來訪編撰藉口：「檢察官有些建議想說，妳就參考看看吧。」

靜雅小姐沉重地靠上椅背，一面甩弄金色髮絲，流露出不羈的氣質。難以觸碰，有著說不上的吸引力。

「瞧妳這樣子，簡直就是不良少女嘛。」鯰魚推翻我的觀念。

「不良少女又怎樣？」靜雅小姐氣憤地回嘴：「老不修。」

「照照鏡子吧，哪個長輩會喜歡妳這樣子？」

「不喜歡就算了，我稀罕嗎？」

「二位，冷靜一下。」客人們都已望向我們，我趕緊打斷爭執。「檢座，想說什麼就明說吧。」

「然而，對於阿珍姨，妳的看法或許是對的。」鯰魚的態度竟一百八十度轉變，莫名其妙。
靜雅小姐將手臂環抱於胸前，沒因爲這程度的奉承便原諒鯰魚。
「但妳還是錯了，」鯰魚撫摸下巴，老氣橫秋地說：「大錯特錯。」
「哪裡錯了？」靜雅小姐當然不能接受。
「錯在妳犯了和她一模一樣的錯誤。」鯰魚說。
靜雅小姐打算辯駁，話到喉頭卻又吞了回去。
「她根本無法溝通！」靜雅小姐的五官變得猙獰。「你懂什麼？」
「妳或許沒錯，但態度實在太差勁。」鯰魚不肯放過對手。
「妳曾經試著溝通嗎？」鯰魚問。
「那當然，怎麼可能一開始就這樣做？」
「妳做了什麼？可以說來聽聽嗎？」
「做了什麼……？」靜雅小姐望向天花板。「我曾和威倫一起拜訪過那女人。」
「然後呢？」
「端正地坐好、幫忙收拾餐桌之類的。」靜雅小姐無奈地說：「她就是看我不順眼。」
「然後，最終妳同樣稱她爲『那女人』。」鯰魚一臉平靜。「爲了對付敵人，就得成爲更加面目可憎的壞人嗎？」
「我們之間沒有共同點。」靜雅小姐用力搖了搖頭。「抱歉，不要再勉強我了。」
「妳們需要互相理解，在那之後，想吵的話再吵吧。」
靜雅小姐將椅背靠回桌邊，打算離開現場。
「她又能怎麼樣呢？」鯰魚忽地大喊。

「嗯？」靜雅小姐看我一眼。

「我說，她又能怎麼樣呢？」鯰魚再說一次：「無論阿珍姨無理取鬧、或在背地說妳壞話，她能造成什麼影響呢？」

啞口無言，彼此腦內盤旋著複雜的思緒。

「阿珍姨的個性確實有些古怪。」我自言自語：「但，她又能怎麼樣呢？」除了微不足道的存款、以及自己的性命，老人家似乎沒有什麼能夠掌握。為什麼要放在心上？

不值得放在心上。

「妳和阿珍姨沒有兩樣。」鯰魚冷酷地說：「只是將男友當作小孩綁住。」

靜雅小姐咬緊下顎，瞪著鯰魚的眼珠子充滿怒火。

「叫妳男友打個電話回家。」鯰魚不再直視靜雅小姐的雙眼，朝向空氣說：「否則，我會考慮以『遺棄罪』再次調查他。」

鯰魚站起身，一派輕鬆地走出餐廳。

並未留下付帳的金額。

過了一會，我不得不打破沉默。

「抱歉。」

卻也不知為了什麼而道歉。

望向靜雅小姐，她的表情很是複雜，有憤懣、有屈辱、有無可奈何。

「靜雅小姐，妳還好嗎？」我問。

「別再叫我靜雅小姐了，很奇怪。」

「是，」我尷尬地說：「妳還好嗎？」

「無緣無故被糟老頭罵了一頓，怎麼可能好呢？」靜雅不滿地說。

看來，鯰魚的苦口婆心算是白費了。

鯰魚的態度充滿敵意，或許是靜雅不能夠接受的原因。

「讓我自己過來不就好了？」我在心中埋怨：「鯰魚只會把事情搞砸。」

心中突然冒出鯰魚的聲音：

『你扮白臉，別和她爭。』

扮白臉？

鯰魚是刻意扮作黑臉嗎？

無論如何，眼前能做的事情僅剩這項了。

「抱歉。」硬著頭皮，我換個角度切入：「其實……，他是桃園地檢署裡的問題人物。」

靜雅抬起頭，對於這話題有些興趣。

「問題人物？」

「是啊，問題人物。」想起剛才坐在這裡的「學姐」，我模仿她的口吻：「他坐在妳們旁邊偷聽，眞的很過分。」

「對啊，怎麼可以這樣子呢？」靜雅罵出一串連珠炮：「這樣沒有犯法嗎？」

「沒辦法，這裡是公共場所。」我故作無奈說：「唉，明天還得和他共處一室呢。」

「你們是同事嗎？」

「他是我的上司。」

「你還眞可憐。」靜雅同情地說。

「有時我會換個角度說服自己。」我勸說對方、也試圖說服自己：「『如果能接受現代教育，他們也不想變成陳腐的人。』想著想著，就不再痛恨他們了。」

靜雅複誦我的理論：

「『如果能接受現代教育，他們也不想變成陳腐的人。』」

「如果長輩們活在現代，也會迷上打卡、電玩吧？」我補充：「就像身邊的年輕人一樣。」

「可能吧，」靜雅笑了。「好難想像。」

眼前的金髮女子總算找回笑容，我竟感到雀躍。

「其實鯰魚檢察官不是個壞人。」我興奮地說明：「私底下，我們都叫他鯰魚。」

「鯰魚，還眞像耶！」靜雅開心地鼓掌。

「他是個好檢察官，熱心幫助弱勢、也懂得爲下屬扛責任。」我不得不爲鯰魚講些好話：「只是個性古怪了些。」

「不只是一點，而是非常古怪。」想到鯰魚剛才所說的話，靜雅還是感到憤慨。

「我想說的是：惡鄰居在家可能是個好父親。」我搔弄鬢角。「只憑第一印象就斷定對方的價值，這麼做是不行的。」

「嗯……，」靜雅沉思一會，感慨地說出：「是啊。」

不知她能否聽出話中的含意呢？無論阿珍姨或是靜雅，二人都只憑「第一印象」來評斷對方，無法展開進一步的對話。

「讓威倫打通電話回家吧。」我低聲懇求：「惹上法律問題就不好了。」

「我知道。」靜雅的表情看來十分苦惱。「唉，希望阿珍姨不要影響我們的生活。」

「一定會的。」我得說出實話。「她一定會改變你們的相處。」

對於我的直言無諱，靜雅有些驚訝。

「然而，不去面對，事情沒辦法自動解決。」我咽下一口唾沫。「除非，阿珍姨眞的過世了。」

「是呀。」想了想，靜雅又說：「不過，這樣也不好。」

「沒錯，若因爲妳的束縛，母子倆沒能見上最後一面，男友肯定會恨你的。」

靜雅接納了我的說法，但不知該回應什麼。

「我不想指責妳的男友。」我將心中的想法傾瀉而出：「他也該長大了，學會自己去協調、去做選擇。」

「可能是我把他寵壞了吧。」靜雅苦笑說。

「不只是妳呢。」我嘀咕一句：「阿珍姨也同樣寵溺著他。」

靜雅先是做了個鬼臉，無可奈何地噗哧一笑。

其實，「那女人」和「那女人」間，還是有著共同點的。

而夾在中間的那男人很幸福，但得學會起身捍衛自己的幸福。

「時間差不多了。」我一把抓起帳單。「有什麼問題再聯繫我們。」

「不，你大老遠過來，讓我請客吧。」

「難不成妳要連鯰魚的帳一起付嗎？」我笑著說：「我有公費能報帳，別擔心。」

「我才不要請他。」靜雅嫌惡地搖頭。「下次換我付錢吧。」

結帳時，靜雅就這麼站在我的斜後方，彷彿我們是一對約會中的情侶。

然而，爲她排解感情上的困擾是我的工作，只能期盼店員找零的速度再慢一些。

「再見。」不知不覺，我們已來到街上。

「再見。」

調解看來是成功了，我反而像個打敗仗的輸家，掙扎著，沒人懂得我的憂愁。

「請等一下！」我向走遠的靜雅大喊：「『態度』是很重要的！」

靜雅回過身，困窘地看著我。

「我和鯰魚所說的內容，其實一模一樣。」我橫著心說了出口：「但妳卻同意我的說法，對吧？」

「……，是啊。」

「這就是『態度』的重要。」揮舞手掌，我笑著說：「再見了。」

「再見。」

心頭似乎被什麼哽住，竟覺得空氣中瀰漫了失落，我嗅著二手菸味，一面尋找它的來源。

「您還沒回去？」我驚訝地看向鯰魚，他待在充滿潮氣的防火巷，叼著黃色長壽香菸。

「在啊，」鯰魚吐出一口濃密煙霧。「解決了嗎？」

「解決了。」我揮動雙手，試圖將髒空氣撥開。

不知爲何，我認爲鯰魚已料到案情的發展。

「沒事吧？」鯰魚擔心地看著我。

「沒事。」我困窘地反問：「爲什麼會有事呢？」

鯰魚低頭不語，再次進入了吞雲吐霧的境界。

「這種女人的魅力，我不是不明白。」鯰魚若有所思。「開朗有活力，剽悍又溫柔。」

「您在說什麼……。」

「無論爭吵了什麼，最終還是聽從你的意見。」鯰魚怔怔地說：「我懂她的魅力。」

「您不是嫌棄人家是不良少女嗎？」我說。

「我在說我的老婆呀！」鯰魚奸詐地笑了。「你可別喜歡上那位小姐。」

「才沒有。」我連忙否認。

「沒有就好，」鯰魚一本正經地說：「這畢竟是工作。」

「我明白。」

「你才不明白呢。」鯰魚刻薄地說：「別去當人家的『乾爹』呀。」

鯰魚那比手畫腳又不時嘲諷的樣子，令人感到有些悲傷。

終於想起被遺漏的事情爲何。

救下阿珍姨那天，鯰魚曾在頂樓提及他的妻子。

「檢座，」我明白，即將開啓的會是一道深鎖。「您的妻子……，是什麼樣的人？」

只見鯰魚陷入沉思，許久未能開口。

「開朗有活力，剽悍又溫柔。」

原來如此。

「不對，這麼說並不恰當。」鯰魚竟否定自己的意見：「她的人格無法以任何詞彙定義。」

沒完全明白他的意思，但能感受到他對於妻子的深愛。

「林叔和我說了。」鯰魚娓娓道出：「那天在頂樓的事情，你感到有些好奇，對吧？」

「……，嗯。」我急忙解釋：「只是想瞭解同事的狀況。」

「我不稱她爲過世了。」鯰魚仰望天空。「她的形象太過鮮明，以至於我還能夠和她對話。」

對話？

「什麼？」我驚訝地問。

「不是通靈之類的宗教玄說。」鯰魚拍打自己的胸膛。「她就活在這裡。」

不清楚該做何反應，只感到溫煦與遺憾的情緒混雜在一起。

沒有任何文字能夠形容當下的感觸，這令我更加難受了。

「解散吧，」鯰魚將菸屁股扔進水溝。「明天辦公室見。」

「您不回桃檢嗎？」

「我有個地方要去。」話沒說完，他就這麼走遠了。

「再見。」

站在路旁，我回想今天發生的大小事件，令人難以消化。

直到見著金橘夕陽，我才再度邁開步伐。

大概明白鯰魚要去哪裡，儘管那不是個明確的地標。

或許是河堤、也或許是公園。

趁著那人殘留的形象尚存，去哪裡都好。

只是，沒有任何一段關係是能被強留下來的。

從來沒有。

「『情緒勒索』眞是愚蠢的行爲啊。」我暗忖：「把人綁在身邊，又能怎麼樣呢？」

留下來的，便再也不會遺忘。

二月二十二日　週五

走進桃園地檢署大廳，這是回任後心境最輕快的一天。

「假自殺一案」在我們的協調之下，終於算是告一段落，相信謝先生會盡快聯繫阿珍姨，他們三人的關係也將逐漸修復吧？

那時我是這麼以爲的，似曾相識的情節卻再度上演。

巴哥從樓梯上方探出頭來，居高臨下俯視我。

「傻站著幹什麼？」

「又是我？」我小聲地回答，一面環顧四周。

「當然是你！」巴哥衝下樓梯，一把揪住我的襯衫。「你們究竟做了什麼好事……。」

我不打算抵抗，反正沒可能違背主任檢察官的意思。

「曆股的洪檢座一進來就聯繫我！算了，叫他到對街！」

「是，知道了。」櫃臺小姐見過這齣戲碼，不再過度惶恐。

「桃檢的風水肯定有問題。」我心想：「突發狀況未免太多了。」

來到前些日子才曾登上的老舊公寓，我明白即將面臨什麼狀況。

這次，鯰魚不再姍姍來遲，沒過多久就飛奔抵達了現場。曾遇過的粗獷員警站在路旁，擺出十分不屑的表情。

「呼，呼。」鯰魚氣喘吁吁地說：「怎麼回事？」

「你還敢問！」巴哥指向天空，公寓頂樓邊緣坐著一名老婦。

定睛一看，那人果然是阿珍姨。

「搞什麼東西，可惡。」鯰魚低聲咒罵：「不是都替她打理好了？」

「你們對她說了什麼，爲什麼她又要自殺？」巴哥逼近我。

「不……，我們幫她聯繫上兒子了。」我小聲回答，想不出遺漏之處。

「老太婆！阿珍姨啊！」鯰魚忽地朝向天空大喊：「是妳嗎？」

頂樓那人看向下方。

「洪檢察官？」

是阿珍姨沒錯。

「妳怎麼又坐在那裡？」鯰魚氣沖沖地問：「不都幫妳處理好了嗎？」

「騙子！你是騙子！」阿珍姨踢動雙腳，樓下的圍觀者響起一陣驚呼。

「我哪是騙子？」

「今天早上，兒子還是不肯接我的電話。」阿珍姨哭號著說：「我不想活了！」

「妳先別跳，我們要上去啦！」

「不要上來，我不相信你們！」

「不管了，我們準備上去。」鯰魚轉向我們。「阿學，你也來吧。」

「這麼做好嗎？情況好像比上次更嚴峻。」巴哥苦惱著說：「要是跳下來，我們都逃不了責任……。」

「責任什麼的再說啦！」

鯰魚再次朝向公寓大門跑去，我趕緊邁開腳步跟上。

「你們……。」阿珍姨在天上說些什麼，我們已經無暇去管。

這次，沒有誰再被消防氣墊絆倒，幾位員警隨我們一齊進了公寓，彼此間沒有進行交談。

鯰魚一腳蹬開了生鏽的頂樓大門，眼前是我們熟悉不過的光景。

阿珍姨穿著豔紅色套裝，回頭望向我們。一支摺疊手機被丟棄在圍牆邊，大概是阿珍姨氣得將它給扔了。

「呼，呼。」鯰魚痛苦地彎著腰，雙手使勁撐住大腿。「阿珍姨，別想不開呀。」

阿珍姨只是靜靜望向我們，不發一語。

就連我也感到氣氛有些不同，豔紅色令我聯想到鮮血⋯⋯。

「先交給他，情況不對的話我們再上。」身後的警察輕聲討論。

「我們聯繫上妳的兒子。」鯰魚開始勸說：「他最近比較忙，晚點就打給妳啦！」

「你們找到他了？」阿珍姨歇斯底里地大喊：「但他不肯接我的電話！」

看來，阿珍姨還是不斷嘗試撥打電話。

這或許是病了？情況不好。

「等一下，緩一緩好不好？」鯰魚絞盡腦汁，好不容易擠出一句：「會不會是妳的手機壞了？」

「不可能。」阿珍姨斬釘截鐵地說。

「您再撥一次好不好？拜託。」鯰魚已被逼入死角，只能不斷哀求：「我們真的談好了，兒子一定會主動聯繫妳的。」

眼前這人看似甦醒過來。

「他親口答應你們？」阿珍姨好奇地問。

「真的，我可以證明。」我趕緊替鯰魚作保。

一陣寒風颯地吹過，地板上的枯葉跑動著，眾人只擔心眼前的困境，無從欣賞。
「爲何如此沉默？」我心想：「是誰都好，快點說些什麼。」
阿珍姨輕巧轉過身來，嚇出我們一身冷汗，就怕她不小心墜落下去。
她總算躍下圍牆，眾人緊繃的情緒暫時得以喘息。
「別靠過來。」阿珍姨緩慢地彎下腰，撿起手機。「我再打一通試試。」
「接呀，拜託。」我在心中吶喊：「快接起來！」
所有人都屏住呼吸聽著，電話那端響起熟悉的嘻哈音樂，嘈雜的節奏在此刻竟顯得平靜。
希望它能夠無止盡演奏下去，
千萬別停。

歌曲戛然而止，眾人的心臟都涼了一截。
從頭再奏。
饒舌歌手又一次高唱，我們都明白：這通電話恐怕不會接通，如同破碎的關係無法輪迴。
「可能要跳了。」身後的警察向對講機低聲說明。
我回頭白他一眼，烏鴉嘴。
「When the world gives you a raw deal……」嘻哈男歌手沒能唱完，電信公司這回硬生將歌聲給切斷了。
「您的電話將轉接到語音信箱。」
全身寒毛聳立起來，一條性命將在眼前消逝。
阿珍姨的手臂無力垂下，背影似乎述說著心灰意冷，就連拿緊手機的力氣也不再擁有，「哐啷」一聲，摺疊式手機跌落至地磚上。

誰也不敢說話，就連阿珍姨本人也保持沉默，她靜靜地攀上圍牆。

這一次，她不只跨坐在那上頭，而是以雙手雙腳共同扶著、宛如母豹般的姿勢站在圍牆之上，有些滑稽，卻沒人笑得出來。

「哭枵，我們走。」帶隊員顧不得氣質，我們一群人趁著阿珍姨望向下方，躡手躡腳靠了過去。

「接近又能怎麼樣？」思緒已陷入恐慌。「會不會才碰到阿珍姨，她就跳了下去？」

幸而，也可說是不幸地，並沒有餘裕令我過度思考，阿珍姨轉過身來，發覺我們正逐步接近。

她的嘴角一震，似乎打算交代什麼。

人生的結語吧？

鈴鈴鈴鈴鈴！

鈴鈴鈴鈴鈴！

躺在地磚上的摺疊手機，終於肯發出震耳欲聾的傳統鈴聲。

「回撥了！妳的兒子回電了！」我想也沒想便大吼出來：「謝威倫回電了！妳快下來！」

阿珍姨的表情看來並不興奮，也未有感動。

非要我形容的話，我會說她已是失神。

「謝威倫啊！妳的兒子！」我奮力吶喊：「快下來接電話啊！」

她這才還了魂，緩緩爬下圍牆。

眾人不約而同跌坐到地磚上，驚惶失措看著彼此。

「喂？」

「喂。」電話那端傳來單薄男聲：「媽，我才剛起床，怎麼了？」
「你好嗎？我的寶貝兒子啊！」
「很好，最近忙，比較少回電。」
「抓住她！」身後的警察忽地大喊，一群員警衝上前去撲倒了阿珍姨。
三、四名彪形大漢緊緊壓制阿珍姨，不再給她機會製造麻煩，摺疊手機的命運多舛，再度跌落到了地上。
一名老婦當然無力對抗優勢警力，她不再掙扎，任由員警擺布。
「喂？喂？發生什麼事了？」謝先生在電話那頭緊張地問著。
「發生太多事情了，」我緩緩撿起手機。「給你媽換支新手機吧。」
說完，我就將通話掛斷了。
「眞的很對不起。」阿珍姨爲自己的魯莽賠罪，員警們卻不想理會她。
「阿珍姨？」鯰魚許久沒出聲了。
「是。」
「妳住在這棟公寓嗎？」鯰魚問：「怎麼又在這兒遇見妳？」
「不，我不住這。」阿珍姨搖搖頭。
「那……，妳爲什麼要跑來這裡？」
「難不成，我要在自家跳樓嗎？」阿珍姨理直氣壯地說：「我留給孩子的遺產不就跌價了？」
阿珍姨已被員警帶回派出所了吧？我和鯰魚待在頂樓，尙未走出驚惶的情緒。
他才靠近圍牆，我便感到一陣緊張。

「好險。」鯰魚撫摸阿珍姨踩踏過的圍牆，一些碎小石粉落到地面。

眞的好險。

我們的仕途也險些一併跌落。

天臺之上，任憑腦袋空轉、雲海遊走。巴哥則站在公寓門口守著，瞧他不耐煩的樣子，大概在埋怨我們爲何還不下樓。

誰打算嘮叨些什麼，我毫不在意，職場上的壓力已不足掛齒。

Ψ

「怎麼會搞成這個樣子？」巴哥一路上不斷糾纏我們。「怎麼處理的？她爲什麼爬上又爬下？」

我和鯰魚擺出一臉疲態，希望長官就此饒過我們。

「你們一定要提出報告，知道嗎？我要看到每一個細節。」巴哥不愧爲巴哥，咬上食物後不肯輕易鬆口。

「好啦。」回到三十七號偵查庭門口，鯰魚終於阻止巴哥：「不要太超過了。」

二人針鋒相對互視著，原以爲會是互不相讓的局面，沒想到巴哥還懂得適時收斂。

「辛苦了。」丟下一句草率的勉勵，巴哥總算離開我們身邊。

我推開厚重的大門，只想回到座位休息一會。

其他事稍晚再說。

三十七號偵查庭的敲門聲響起，我們都明白，即將進來的人該是阿珍姨了。

如同先前所說，檢警雙方對於自殺案件不會予以深究，然而阿珍姨不是初犯，警方姑且以公共危險罪中「妨害公眾往來安全罪」的名義，將她給隨案移送來桃園地檢署。

辦？或不辦？

似乎不是那麼重要。

針對刑法的內容，阿珍姨得要損壞或壅塞道路才可能構成罪行，適用與否便見仁見智了。

我們在意的是：她當時眞準備躍下嗎？

跳？或不跳？

即便從當事人的口中說出答案，我們也不見得會信服。

她就站在眼前，誰也無法探知對方的眞實想法，永遠沒有辦法解開這道謎題。

千言萬語，也突破不了身而爲人必然感到寂寞的宿命，遠方的宇宙大概有無限那麼大，內心也是。

Ψ

下班後，我只想立刻回家倒頭就睡，又覺得有些空虛。

「似乎少了些什麼。」

阿珍姨遭到鯰魚裁定「無保飭回」，她與兒子也恢復了聯繫，明明該是美好結局，卻沒有如釋重負的感覺。

前方的上班族背著厚重筆電包，不知爲何倒退一步，撞上了我。

「抱歉。」也沒看我一眼，語氣中感受不到多大誠意。

明明是冬春交錯之際，我在公車站中擠出滿身汗溽。

「受夠了。」我心想。

至少，今天不想再做忍耐。

我走出隊伍招了一輛計程車，打算乘著它揚長而去。

「請問要到哪裡？」司機熱情詢問。

「桃園殯儀館。」語畢，不再向我搭話。

夜幕已然低垂，殯儀館中並沒有正在進行的儀式，僅少數來訪的喪家穿著黑色服裝，我將披在手臂的西裝外套穿上。

這不是我第一次來到桃園殯儀館，我曾陪其他檢察官在這進行司法相驗，解剖官室與檢察官室此時皆已熄燈，意味此處不再有我熟識的人了。

我筆直穿越解剖室、機電室，前方是一片雜亂未整理的山坡地，我將衣袖拉低，竄入森林之中。

找尋一株與我身高相符的矮樹。

數十分鐘過去，好不容易才透過路燈餘光望見目標。

它本該是一棵中等高大的樹木吧？不知為何、也不知是誰，將它就這麼攔腰截斷。

俯視著，打量它是否有我需要的「樹洞」。

我要學習電影那般，若有祕密不想讓人知道，就到叢林裡找個樹洞，對它說出祕密，然後用泥巴將樹洞填上。

望向眼前已顯乾枯的樹幹，衡量是否該將祕密交付給它。

「算了，就是它。」我輕率下了決定，有點疲倦。

不想讓其他人見著我這模樣，所以才來到這裡。

我用上極爲惡毒的語氣。

「眞虧你說得出口：『喊著想死的人，只是想得到關注。』」我朝樹洞說出狠話：「自以爲是、愛擺弄的年輕毛頭，總有一天你會付出代價。」

隨手掘起些乾土將樹洞填上，算是完成了儀式，我席地而坐，稍作歇息，趁機觀看一會星空。

人呀，眞是脆弱。

非得將怨氣轉嫁給旁人，才能夠振作起來。

「一群渾蛋。」我輕柔又憤恨地說。

心中的一塊鬱悶好像就此剝落，不知爲何，也毫無道理。

腎上腺素眞是種奇特分泌，爲了達成目的，我毫不費勁來到樹林深處，卻得拖著疲憊的腳步試圖走回大馬路。

「好累，眞想回家陪老貓。」在心中埋怨自己：「沒事跑來這裡幹嘛？」

幾道悅耳響亮的男聲傳來，打斷我的思維。我趕緊停下腳步，以免踩踏枯葉的聲響透露我的存在。

「哈哈哈，那群家屬說吳伯伯是『深居簡出，爲人正直』，我看只是沒有朋友！」

「就是說嘛，訂最小的廳，要求卻是最多的！」

「哈哈哈……，一群井底之蛙。」

訕笑聲逐漸淡出。

待他們走遠，我才繼續踏上歸途。

「請問要到哪裡？」計程車司機問。

我報上租屋處住址，沉重地靠在椅墊上。

這下眞是累壞了。

「爲什麼要替別人的一生作結呢？」我在心中嘀咕：「我不懂。」

不只是葬儀社人員。

我指的更是家屬、群眾、所有人。

「太難了，又或者說，」我搔了搔頭皮。

「他們怎麼敢呢？」

案由二一：電話詐騙

二〇〇八年
三月七日　週四

夜間值班是曆股三人的共同夢魘，每逢熬夜，時間就像是條無盡隧道，不知走多久才能抵達出口。

「呃啊！」鯰魚在檢察官席伸著懶腰。「今晚的案子沒什麼意思。」

酒後駕車、鬥毆鬧事，大多案件都和酒精脫不了關係。

鯰魚再怎麼愛管閒事，也不願和醉漢做口舌之爭，我們只是依法辦理每一個案件，任時間緩慢地流逝。

公共危險罪、故意傷害罪、過失傷害罪……，林叔印出一份份偵訊結文，鯰魚隨意擺弄它們，像是陳列無用的彪炳戰功。

日復一日，永遠都有試圖鑽過法律漏洞的投機客。

「眞逃得過的話，地檢署就不必忙碌了。」我心想。

不夜城使某些人貪婪的心緒越發狂放，酒精流入喉管成了催化劑、成了藉口、成了分崩離析的起點。

幸而三十七號偵查庭的三人皆不好酒水，否則依鯰魚脫軌的生活習慣，我和林叔得爲他收拾更多殘局。

「最後一位了。」法警洪都拉斯探頭進來。「還是酒後駕車……。」

「唉！」鯰魚雙手一攤。「帶他進來吧。」

洪都拉斯是桃檢中唯一和鯰魚有所互動的法警，拜我的犧牲所賜，鯰魚才擁有這位擅於跑腿的助手。

口袋裡的智慧型手機短促震動著，現在不是理會它的時機。

偵查庭大門被敞開，還沒見著嫌疑人，濃郁的酒氣便已襲來，洪都拉斯帶來一位穿著狼狽的商務人士，邋遢的油頭髮型已沒了紳士氣息。

「我累了。」嫌疑人咆哮：「快問一問，讓我回家！」

「他堅持要進行夜間訊問。」洪都拉斯無奈地說。

「幾點被警察逮捕的？」鯰魚一臉煩躁。「怎麼不讓他在警局待一晚？」

「移送的時間是十點五十二分。」洪都拉斯解釋：「只好讓他過來了。」

「要不是酒駕，你早就到家啦。」鯰魚低頭盯著資料，不想和醉漢對上眼神。「酒測值爲〇．八一（mg/L），你喝了不少吧？」

「我還能喝更多！」說完，他像斷線人偶般垂下頭。

「好，你最厲害了。」鯰魚語帶刻薄地問：「對取締結果有沒有意見？」

「我沒醉啦！」聽到關鍵字，眼前的男子甦醒過來。「機器有問題。」

「這是你的簽名，」鯰魚拿起檢測結果紙。「有疑慮的話何必簽字？」

「我忘記了啦。」嫌疑人任性撒嬌著。

眼前這人醉了的事實顯而易見。

「明明喝了酒卻在我面前否認，酒醒可能得面對『僞證罪』的指控，這樣也沒關係嗎？」鯰魚語帶威脅。

嫌疑人只是呆滯望向前方。

「檢察官在問你話。」洪都拉斯頂他一下。

「什麼？」男子面露恍惚。

「你趕快認罪，就讓你去休息了，好嗎？」鯰魚將要丟失耐性。

「好，好！」一聽見「休息」二字，男子便癱坐上地面。「晚安。」

我們面面相覷，偵查庭內充斥著打呼聲。

「筆錄該怎麼做？」林叔好奇地問。

「無須多言，描述嫌疑人失去意識就好。」鯰魚難得俐落。「明早將案子重新分發。」

「是。」

幾分鐘過去，列表機的運作聲蓋過醉漢的鼻息，林叔拿著尚存餘溫的文件走向男子。

「嗯？」搖晃許久，男子終於有反應。

「簽完名，你就能去休息了。」林叔趁機遞上原子筆。

嫌疑人未閱讀一字一句，草率簽下姓名，

「先讓他離開這裡吧，」鯰魚捏著鼻子。「臭死了。」

這不是我們遇過最糟糕的情況，無論如何，醉漢依然無法回家，必須在拘留所待上一晚，畢竟剛才的訊問不能算數。

褲子口袋裡的手機再次震動，好不容易有空檔，我瞄向手機一眼，原來是母親打了通電話過來。

「真麻煩。」我在心中埋怨：「先假裝沒看到吧。」

打起精神，奮力投入工作之中，驚覺眾人稱羨的法界工作也只是一場糊塗。

三月八日　週五

睡沒幾個小時，手機傳來的震動將我喚醒過來。

「誰呀……？」我不情願摸索著床鋪，打算找出噪音的來源。我撫摸老貓的身軀，發覺他的骨骼竟在震動。

「怎麼回事？」

我將老貓一把推開，果然，他將手機藏在軟肉下孵著，難怪遍尋不著，老貓喜歡躺在發熱的電子產品上，好幾次讓我出不了門。

螢幕裡顯示著「母親」的來電，我明白這次躲不過了。

「面對吧，早晚都得接的。」我在心中爲自己打氣振作，也怕是父親的身體出了毛病。

「喂？」

「喂，還在睡覺嗎？」聽筒傳來母親興奮的問候。

「還在睡，昨天加班到很晚。」不明白母親爲何如此亢奮。

「你常加班嗎？一週得加班幾次？」母親好奇地問。

「先別說這些了，有什麼事？」我趕緊打斷母親的提問。

「喔……，你還記得依柔嗎？」

「當然。」

依柔是我的表妹。

「依柔要去國外念書了。」母親說：「明晚二舅要請大家吃飯，順便爲依柔送行，你能回來臺南一趟嗎？」

「明天？我得看一下行程。」我故作忙碌地說：「晚點確認好嗎？」
「好吧。」
「我準備上班了，還有事嗎？」
「沒有了，能回來再和我說聲吧。」
「再見。」
我坐在床邊發呆，久久未站起，想起我和表妹間的幼時回憶。

Ψ

二舅是位開朗明快的長輩，也是我的壓力宣洩出口，大約十八年前的每日早晨，二舅總會開著他的計程車載我上學。
『你爸媽太疼你了，才不敢讓你騎腳踏車通勤。』二舅老是這麼說。
『我也想自己騎腳踏車上學啊……。』我如此埋怨。
『我懂。』二舅安慰我：『忍耐一下，很快就能獨立了。』
我是家中獨子，爸媽不准我參與危險的活動，就連通勤這種基本的事情，也總是麻煩住在隔壁的二舅幫忙。
我會請二舅提早一個街口放我下車，才能夠混入人群，假裝自己是通勤的一份子。
二舅在我面前雖開朗豪放，在家也是採取高壓管理的父親，表妹依柔早給送到了臺北，就讀於住校制度的私立女校，每逢寒、暑假，我才會短暫遇見這名親戚，大多時候，她還是得隨舅舅、舅媽進出門戶。

『依柔最近好嗎？』偶爾我會問二舅。

『好啊，能有什麼不好？』二舅常拋下工作，北上去探望獨生女。『唉，你們快要長大囉。』

寒暑假期間，舅舅偶爾會和舅媽外出，將依柔寄託來我們家。

『依柔今天麻煩妳囉。』二舅也不進門，朝向屋內大喊。

『放心啦！』母親緩步走向大門。『你們兩個好好約會吧！』

只見舅媽不好意思地別開頭。

待兩人離開一會，母親會從錢包抽出千元大鈔給我。

『帶依柔出去逛一逛。』母親轉向依柔說：『妳的爸媽就是太疼妳了，偶爾也得玩一玩嘛。』

聽到母親這麼說，依柔會還予親切的一笑。

讓我感到不解的是，這對姐弟遇上對方的孩子，怎麼就豪爽了起來？一旦關上各自的家門，卻又患得患失。

我帶依柔去到市區的百貨公司，先至地下街為她買一支甜筒冰淇淋，那是依柔從小的最愛，二舅卻不常讓她享用。依柔坐在我的正對面，靜靜舔起冰淇淋，我則清點剩下的零用錢，盤算等會還能做些什麼？

『眞好吃。』依柔一臉滿足地說：『我爸不准我吃冰品。』

『我家也是。』我尷尬地回應。

兩個將要升上高中的年輕人，自恃成熟又涉世未深，明白對方和自己的處境類似，也就無須掩飾自家的糗事了。

望向依柔，她總是穿著粉紅色洋裝、白色中筒襪，令人感到乏味的打扮。

然而，我明白這並非她的本意。依柔吃完甜筒後，我們才不會安分坐在地下街，那樣只是虛耗光陰。

『今天想做什麼？』表妹嚥下最後一口甜筒，我急忙問：『打電動？看電影？』

『嗯……，』依柔謹慎思考，畢竟休閒時光相當珍貴。『打電動好了！』

飛也似地快步走向電扶梯，彼此都知道要去的樓層是八樓，走散也無所謂。

我們鮮少有機會出入電動間，那回憶反而深深烙印在腦海中，還未抵達大型機臺所在的樓層，電玩音樂的喧囂已傳入耳中。

決鬥天王、街頭鬥士等電玩總在原地等待我們，當年我不知道，原來街頭電玩的黃金時代正悄悄走向末期，遊戲更新的腳步已逐漸停歇。

政府的想法和我們一點關係也沒有，我們有默契地走向牆邊一角坐下，投入一枚又一枚的十元硬幣。

『我不會輸給妳的。』說到玩電玩的經驗，我自恃比表妹多。

『別顧著說話。』依柔操作的角色朝我不留情進攻。

『哇！』我氣憤地敲了下按鈕。『這場我粗心了！』

我不情願投入硬幣，雖說輸贏都是母親出的錢。第二場，我和依柔戰到最後一回合，我驚險獲得勝利。

『哼，妳好像變強了。』我不甘示弱。

『眞好玩耶！』依柔沒理會我的逞強。『臺北已經見不到電玩機臺了。』

『唉唷，妳在臺北偷打電動？』我逗弄表妹：『小心我跟二舅告狀。』

『以後不跟你說話喔！』

『我開玩笑而已。』

『你發誓？』依柔一臉嚴肅。

『好啦，』見她可怖的表情，我不敢造次。『發誓不說。』

這麼說已顯慎重，打勾勾不是我們的作風。

『那就好。』依柔恢復了輕鬆的笑容。

『既然臺北沒有電玩，今天得玩個盡興！』我拿起放在搖桿旁的錢包。『我去換零錢，妳等我一下，千萬不要亂跑！』

排在前頭盡是些面露兇狠的高中生，想趕緊回去看住表妹，但又不敢插隊。

『今天好玩嗎？』才進家門，母親喜孜孜湊了上來。

『好玩，謝謝姑姑。』依柔很有禮貌。

『你們去了哪裡？』

『吃冰淇淋，還有逛百貨公司。』依柔冷靜地回答，也不失熱切。

『吃冰的事不能讓妳爸知道，』母親訕笑著說：『以後他就不讓妳來了。』

『我知道，姑姑也不能說漏嘴喔。』依柔靠上母親的肩頭，二人的相處十分融洽。

「吃冰」是我們向長輩報告的底限，剩下的內容我們從未帶回家中。牆上的時鐘顯示著下午四點半，該是二舅來接女兒的時候了。

Ψ

這是我和依柔表妹的童年回憶，那些年，溽暑不似現今難耐。

「明晚我回臺南一趟，聚餐的地點在哪裡？」

「鮑家小館。」母親說，那是間我們從小吃到大的外省餐廳。「六點整，還記得位置吧？」

「記得，明晚餐廳見。」

簡短說完，我將通話掛斷。

起身前往廁所梳洗，口內叼著牙刷，盤算是否要攜帶換洗衣物？該在臺南暫住一晚嗎？工作的事被我拋在腦後，反正也沒正經事得忙。

將面對的是個稍不平靜的週末。

三月九日　週六

望向頭頂上的老舊招牌，白底紅字的壓克力板已顯斑駁，偌大的「鮑家小館」四字竟也佇立了三十年，這裡的生意從來稱不上熱絡，意外撐到今天。

或許是鮑老闆反其道而行的做法收到成效，住民們再怎麼嗜甜，偶爾也想換換口味。

「喂，阿學。」身後出現二舅的喊聲。

「二舅好、舅媽好。」回過頭去，我向二舅一家打招呼。

「嗨。」眼前留著長直黑髮的女性擺脫了稚氣，這人便是表妹依柔。

「嗨。」我故作親切揮了揮手。

表妹已不是我記憶中那親切可靄的模樣，我只能生疏與她互視。

「走吧，我們先進去點菜。」二舅熱情搭上我的肩。

「不等姐夫嗎？」舅媽提醒她的丈夫。

「唉呀，你爸出門老是搞半天。」二舅向我訴苦：「等他到，我早就餓扁了。」

我們不顧家族裡的大老爺還未到場，就這麼走進餐廳，鮑老闆坐在櫃臺裡側，見到熟客也只是低下頭繼續閱讀報紙。

「祝依柔一帆風順，平安學成！」母親以手肘頂了下父親，兩人向身邊坐著的表妹敬茶。

我尷尬地從二舅、舅媽之間微微起身，同樣也端起茶杯。

「三八啦，坐著就好。」二舅粗魯地拽拉我的衣襬。

家族聚餐的座位安排很古怪：我總坐在二舅、舅媽之間；依柔則陪著我的母親，卻和姑丈保持微妙的間距。

一行人圍繞圓桌，飽老闆從沒搞清楚誰是誰家的孩子。

珍珠丸子，碰！

開陽白菜，碰！

紅燒獅子頭，碰！

在這吃飯總得配上服務生粗魯的擺盤聲，幾年下來，不見家族裡的誰還有抱怨。

「下禮拜就要出發了，緊張嗎？」母親問身旁的表妹。

「還好，努力適應看看。」表妹親切地回答。

「加拿大的天氣很冷吧？」母親說著毫無根據的猜測：「小心暴風雪，壞天氣就別出門了。」

「謝謝姑姑。」

「住的地方找到了嗎？」

「當然找好了。」二舅將話題搶去：「我的高中同學早年移民，就讓依柔暫住在他們家。」

「那就好。」母親壓低音量，向表妹嚼耳根：「妳爸就是放不下妳。」

只見依柔擠出尷尬的笑容。

趁這機會，我也低聲問了二舅：

「依柔去加拿大讀什麼科系？」

「法律系。」二舅驕傲地說：「以後回臺灣，她就是喝過洋墨水的高材生了！」

其實，表妹已是近三十歲的成人，若非自己有強烈的進修意願，似乎沒必要強求她出國深造。

在我看來，二舅這麼做反而顯得無知，大概是見到父親的仕途成功，我在北部也有份穩定工作，他便拚了命將依柔塞進法界。

或許，二舅認爲這麼做，能將曾經分崩離析的親子關係修復。

我和表妹高中畢業後鮮少碰面，比起同事、朋友，我們的關係更像是陌生人，這趟回來臺南除了爲她送別，一方面也是好奇心作祟，想要探知二舅家的狀況。

無論我和二舅多麼努力清空餐盤，父親還是會吵著打包。

「小姐，獅子頭的醬汁幫我打包。」

「唉呀，包這做什麼啊？」母親忍不住抱怨。

「拌飯！」

我和二舅相視苦笑，家家都有本難唸的經、和難搞的人。

「吃飽喝足！」二舅站在路旁，拍打自己鼓脹的肚子。「謝謝大家爲依柔送行。」

「說這什麼話，我們應該來的。」母親抱了下依柔。「在國外要注意身體唷。」

「嗯，謝謝姑姑。」依柔乖巧地回應。

「啊！我的手機好像忘在店裡。」二舅慌張大喊：「等我一下。」

他就這麼竄入餐廳，我們一行五人站在小巷旁沉默著，消化吃下肚的食物、也消化腦中剛更新的訊息。

平時我是個內向的法律宅男，不知爲何，卻鼓起勇氣走向表妹依柔。

「嘿。」又一次向她打聲招呼。

「嗨，」依柔說：「謝謝你從臺北趕來。」

「別客氣，」我把握機會，趕緊說下去：「聽說妳也要讀法律系？」

「嗯，對。」依柔露出淺淡微笑。

依柔回頭望了一眼，那當下，我們竟能明白彼此的想法。

「找到了，走吧。」二舅衝出餐廳，頭也不回地踏上歸途。「港都海風吹無停，引阮心頭凝！」

我靜靜退開，兩人稍微找回原已逝去的默契。

笑容裡有一絲苦澀。

站在老家前，嫣紅斑駁的大門為夜色給掩藏起來，鄉間的路燈不似北部密布，居民大都日出而作、日落而息。

舅舅一家三口已進家門，巷弄只剩我和母親。

「真的不回家住一晚？」母親看來有些失望。

「不了，」我堅定拒絕母親：「明天在北部還有行程。」

「明早搭第一班高鐵也不行嗎？」母親不願放棄。

「我沒帶行李回來。」

「家裡有……。」

「好了啦，之後再找時間回來。」我打斷母親的糾纏。「你們保重身體。」

「你也是。」母親朝向家裡大喊：「威啊，阿學要回去啦。」

「怎麼不住一晚？」父親探出頭，卻不願踏出家門一步，就怕塵土弄髒腳底，潔癖使然。

「有事。」看見這幕，想離去的想法更加篤定。「你們進去吧，我去大馬路攔計程車。」

頭也不回遠離老家，心情反而輕鬆了起來。

我站在馬路旁尋覓黃色車輛，大半夜的，不可能請二舅拋下妻女，只為載我去趟高鐵站。

搭乘倒數第二班的北上高鐵，放鬆靠上自由座椅背，高鐵行駛的速度再快，還是得花費近兩小時才抵達桃園，我將手機從口袋掏出，點開社群軟體。

在搜尋欄鍵入「Avril Chen」，那裡有上百個搜索結果，只有一位是我的好友，點下圖像，馬上便見到表妹依柔的照片，那裡有她的生活點滴，二舅與舅媽也無以窺探的園地。

Avril Chen
2月26日下午2:21
療癒的下午茶
即將暫別的閨蜜

那是張依柔和友人的貼臉合照，兩位女性穿著簡約粉色薄外套，似乎是友情的象徵。再滑下去，臉書像是倒流的時光隧道，我好奇表妹這些年經歷了什麼？

Avril Chen
1月4日下午10:58
終於還是回到臺南
希望這次不再憤世嫉俗

看來，這些年表妹也曾離鄉背井。

接著是去年的記錄了。

Avril Chen

11 月 28 日上午 1:26

今晚依然不醉不歸

安可　安可　安可

相片裡拍著夜店舞池，手持的晃動使人看不清內容，卻能猜想其中的男女情慾交錯、盡情流動著。

忍不住滑向下一張，湧入眼簾的是張合照，幾位年輕女性親暱地靠著彼此的臉頰。尋覓依柔的身影，終於發覺角落染著藍髮的那人是她，原來，依柔幾個月前還染有不羈的髮色，待在臺北一隅享受夜生活。

彷彿望見不該得知的祕密，我趕緊退出應用程式。

只是沉浸於無聊中，沒過多久又打開手機，螢幕浮出的依然是那張狂歡合照。

我觀察依柔笑著的樣子，感到一絲惆悵，好像發覺了什麼，那笑容像極今晚才出現過的苦澀；她站著的位置，只能是相片的角落。

即使到了臺北，依柔還是沒找到歸屬，費力追逐理想的生活樣貌，最終還是燃燒殆盡。

我能夠想像到她的格格不入、山窮水盡，這才不情願返回家鄉，再次嘗試與父母共同生活。再次成了一家三口。

闔上手機沉思，在我心裡，無論依柔留有黑髮或藍髮，都是純眞又苦惱的那個表妹，從表情我便能讀懂一切。

望向窗外快速流動的點點光影，直至到站。

三月十日　週日

大概是明白我往來南北、深夜才返回租屋處，老貓今早沒喊我起床，讓我奢侈多睡一會，精神飽滿迎接下半天。

在老貓的盤裡倒些乾糧，再從冰箱夾層抽出土司，一人一貓就這麼享用起早午餐，對於這失而復得的假日感到珍惜，若在臺南多待一晚，才正搭上高鐵吧？

對於父母二人，我已不再感到排斥，但共處一晚還是令我卻步，彷彿三人間隨時又要起了口角。自我來到北部，那棟屋子裡的氣氛有沒有好些呢？

「你慢慢吃。」我安撫老貓，一面找尋昨晚亂扔的鑰匙，打算出門一趟。

原來，房東的門鈴聲「叮咚」如此響亮，他就住在隔壁，我卻未曾主動叨擾。

一名與我年歲相仿的蓄鬍男子將門拉開，這人便是我的房東。

「怎麼了？」

「早安，」我遞上信封。「這個月的房租，請你點收。」

房東滿面狐疑看著我，當我的面打開信封，清點裡頭裝著的千元大鈔。

「金額沒錯。」房東好奇地問：「這個月怎麼不匯款？」

「剛好今天有空，我打算把事情做一做。」

「沒別的事情吧？」房東依然保持警戒。

「這是伴手禮。」我拿出便利商店購入的禮盒。「謝謝你一直來的照顧。」

房東的表情充滿困窘，彷彿我做了什麼奇怪的事情，看來，南部人的熱情，北部人不見得能夠招架。

「你眞的沒事嗎？」接過禮盒後，他擔心地問：「不是要借錢吧？」

「我很好，沒有要借錢。」

「再見。」

回到房裡，看見老貓正向窗外喵喵叫著，我好奇湊過去，窗邊站了隻與老貓身形相符的橘色虎斑貓。定睛一看，發覺虎斑貓繫有一條粉紅色蝴蝶結，看來是誰家走丟的貓兒，又或哪個壞心人拋棄了她。

兩隻貓咪毛絨絨的臉蛋湊上玻璃，似乎想更進一步了解對方。

「老不修。」我搡了下老貓的屁股。「別迷上年輕女孩。」

不再理會他們倆，我開始掃除租屋處，偵查庭的髒亂無以挽救，至少能讓棲身之地整潔一些。

忙碌一番後，總算關掉吵雜的吸塵器，發覺老貓依然站在窗旁，而虎斑貓像個模特兒般展露著奧妙身材。

「喂！」我走向窗邊，推了老貓一把。「喜歡上人家啦？」

老貓不願回頭搭理我。

靜靜陪在老貓身邊，享受午後陽光帶來的和煦，待在自己的國度裡，我好得很。

想起上午發生的事情，房東對於我的來訪感到驚訝，竟然問我：『你眞的沒事嗎？』

拜託，我好得很。

眞的好得很。

眞的嗎？

還是房東看出了什麼？

仔細一想，回到租屋處的時候，我才能做回眞正的自己，面對家人反而感到無比陌生。

或許，我並不好，正因爲寂寞的當下，是我感受最好的一刻。

而我不可能永遠停留在這。

「虎斑貓，去找妳的主人吧。」我宣告這段戀情的終結：「這裡不是妳該來的地方。」

她瞪著又圓又亮的眼珠，像是聽懂了我的話，輕快地離開窗邊，背影看來充滿靈性。

「喵……。」老貓的叫聲聽來充滿低落，在他眼中，虎斑貓的背影大概流露有性感。

我讓老貓獨自一人靜靜，與其肩負無法承擔的戀情，不如開始便斬斷了好。

三月十一日　週一

今日是兵荒馬亂的一天，恕我無法娓娓道來，案子不屬於三十七號偵查庭所管，而是桃園地檢署的年度重大案件。

話雖如此，我不過是偵查中的小螺絲，難以窺探案件全貌。

才進到桃檢，又見到巴哥的兇臉出現在樓梯上方，我的背脊一涼，這回主任檢察官只是站在原地。

「你過來。」

我無力抵抗長官的命令，不得不快步走去，儘管內心充滿了不情願。

希望不是誰又打算自殺才好。

「主任檢察官好。」我唯唯諾諾地說。

「早。」巴哥宣布我成了俘虜。「跟我來。」

再次來到主任檢察官辦公室，巴哥痛快地推開大門，裡頭已聚集幾位檢事官，阿仁、小康兩位學長就站在裡頭，

還有學弟劉遠。

「我們朝桃園機場出發。」不浪費片刻，巴哥宣布今天的行程。

我看向另外三名檢事官，他們只是嚴肅地點頭，未對我說明狀況。

走出大樓，立刻見到兩臺警車，我們自然而然搭上，巴哥搭乘另一臺車，檢事官們這才有機會閒聊。

「怎麼回事？」我壓低音量詢問。

「別多問，巴哥要帶隊抓恐嚇犯。」阿仁學長交代：「等會就照辦吧。」
「恐嚇犯？」我感到緊張。「不會有危險吧？」
「對方是政治人物，當年發監前選擇了棄保潛逃。」阿仁學長解釋：「我們接到被告即將返國的線報，巴哥決定緊急出動。」
「麻煩的會是支持者們。」小康面露苦色。
「支持者？」我感到意外，恐嚇犯也會有支持者？
「與其說是政治人物，那人倒像個宗教領袖。」阿仁學長宣告話題終結：「休息一下吧，等會夠我們忙了。」
抵達航廈，我們一行人浩浩蕩蕩下了車，我接過遞來的對講機並將它別於腰際。
「你、你。」巴哥指著阿仁和小康二人。「隨陳隊長到行李檢查處埋伏，以防嫌犯竄逃。」
「是。」
「劉遠、還有你。」巴哥指向我們兩人。「跟梁隊長至證照查驗處埋伏，通報狀況。」
「是。」
於是我和劉遠聽命來到指定位置，躲在柱子後方等待嫌犯出現。
「學長，」劉遠拿出資料。「這是嫌犯的畫像。」
「嗯。」看了一眼，那人留著光頭，並有個顯眼的鷹勾鼻。
「根據泰國警方的消息，他今天身穿淺藍色長袖襯衫。」
「知道了。」
「全體注意，XW二四二完成降落。」對講機傳來陌生的聲音。
我和劉遠杵在原地屏息以待，大約二十分鐘過去，掛著鷹勾鼻的精瘦男子忽然出現，嫌犯挽起袖子，忍不住東張西望。

那光頭十分顯眼，不會讓人錯過的。

「目標出現。」我輕聲向對講機說明。

「嫌犯身穿淺藍色襯衫，朝十點鐘方向手扶梯走去，預計一分鐘抵達行李提領處。」劉遠補充我未提及的資訊。

目標搭上電扶梯，緩慢地消失於視線之中，我和劉遠停留在原地，靜候下一步指令。執勤時產生的腎上腺素逐漸退去，這才感到一絲顫慄，若是出了紕漏該怎麼辦？拜託對講機那端趕緊傳來捷報。

「怎麼還沒有消息？」我心想：「該不會對講機出了問題？」快呀，別再折磨彼此了。

「抓到人了，嫌犯沒做抵抗。」對講機終於傳出聲響。

「太好了！」我和劉遠輕巧地擊了掌。「走吧，我們回去集合點。」

「是，學長。」劉遠附和我的話：「眞的太好了。」

我走在學弟身後，悄悄將掌心的汗水抹在衣上，不需護照便能進出海關的經驗，這還是第一次。

望向劉遠的背影，我終於明白學長們爲何喜歡這名學弟，他確實有年輕人少見的沉著、知識，也樂於付出力量。

只是，我還沒發自內心欣賞他，大概是那油頭太過刺眼。

離開前，巴哥意氣風發地接受記者的提問，彷彿他是那親手逮住嫌犯的英雄。

「吳主委，爲什麼選擇回國呢？」發覺正被移送的目標，媒體忽地湧了過去，巴哥被晾在原地，不再有誰搭理。

「司法會還給我清白。」不顧腕上繫著手銬，吳主委抱拳向眾人招呼。「謝謝指教，記者朋友們辛苦了。」

Ψ

「吳主委是無辜的！」一群不知道打哪來的民眾衝下遊覽車，擠向警方。「這是政治迫害！」

「快去幫忙！」阿仁學長拉著我們幾名檢事官跑了過去，和警察一起將激情群眾隔開。

發狂的群眾們扯開嗓子吶喊：

「還吳主委自由！讓人民發大財！」

「發大財！發大財！」

我無奈望向人群，裡頭有泣不成聲的婦女、以及憤憤不平的中年男子們。

即將搭上警車的吳主委回過頭來，朝我們發表了簡短的演說：

「謝謝大家，司法必然會還我清白，大家千萬別受傷了。」

他的笑容中帶有一股魔力，居高位卻能裝作親民，立刻明白他何以擁有一群「信眾」。

「還吳主委自由！讓我們發大財！」

安撫未起作用，信徒們加倍不捨，反而增強了衝撞的力道，直到載著吳主委的警車離開，人潮才緩緩散去。

「累死人了……。」好不容易解脫的檢事官們上氣不接下氣。

群眾像是候鳥歸巢般回到遊覽車，我眺望位於高處的車窗，哭累的婦女爲了補充營養，正大口吃著便當。

檢事官們終於也搭上警車，阿仁學長趁這空檔聯繫李組長。

「是，是。」阿仁認眞聆聽著組長的意見。「明白，謝謝長官。」

掛上電話後，學長總算露出笑容。

「下班囉！」

「這麼早下班？」我驚訝地問。

「不早了，你瞧。」小康學長將手錶湊近我的眼睛。「已經是下午四點鐘。」

眞正關鍵的時刻不過數分鐘而已，其他時間如何虛耗掉了？我不願想起、也不該提及。

警車在地檢署門口停下，我們回到熟悉的建築物，簡單道別後便鳥獸散，大家已緊繃整天，無心再聚。

返回租屋處前，去了趟便利商店，趁店員忙碌的時候，我快速瀏覽晚報頭條。

「主任檢察官率警察圍捕，吳主委逃亡五年終落網。」

上頭刊載了巴哥的相片，他就站在入境大廳中得意地笑著。

「偵破有意義的案件」或許是檢事官夢寐以求的目標，此刻我卻感到前所未有的不踏實，霧裡看花，只是一團混亂而已。

我將晚報放回架上，並期待明天的到來，在三十七號偵查庭裡，我們不必裝腔作勢，也能夠明白案件的全貌。

三月十二日　週二

踏進桃檢大樓前，擔心巴哥會不會又出現在樓梯彼端？我忍不住左顧右盼，確認視線內沒有長官出沒，才一鼓作氣走上樓梯。

從未如此期待來到三十七號偵查庭。

「林叔早。」推開厚重大門，我急忙問好。

林叔只是冷漠地瞧我一眼。

「早。」

雀躍的心情倏地冷卻下來，悄悄走向學習司法官席，我們二人安靜相處著。

「是了，這才是熟悉的三十七號偵查庭。」我心想，是自己過於美化這段記憶。

林叔的表情看來相當低落，我不在的時候肯定發生了什麼。

「林叔，你還好嗎？」忍不住問。

「沒事。」

「是嗎？那就好。」我還是懷疑。

才不是沒事的樣子呢。

該不會鯰魚又闖了什麼禍吧？

「今天少講點話。」林叔拋下一句。

「什麼意思？」

「少說些就是了，別跟他頂嘴。」林叔說：「沒見過檢座發那麼大的脾氣。」

「不是針對您吧？」我擔心地問。

「不是。」林叔搖搖頭，簡短回答。

「那麼……，」我忐忑地問：「是我嗎？」

「也不是。」

這才如釋重負，話說回來，我沒做什麼錯事，何必心虛呢？

「昨天來了個年輕人。」林叔無奈地說：「不好處理。」

「什麼意思？」我壓抑不住好奇心，不得不多嘴。

「等會你就知道。」林叔指著牆上的時鐘，差不多是鯰魚進辦公室的時候。「別掃到颱風尾。」

話才說完，偵查庭大門宛如戲劇上演般敞開，眼前的鯰魚踩著沉重步伐，漲紅的臉色驗證了林叔的說法。

我看向林叔，他正低頭迴避鯰魚的眼神。

將公事包扔上椅子，鯰魚嘴裡唸唸有詞：

「騙子！該死的騙子！」

騙子？

難不成鯰魚遭到詐騙？

想要關心鯰魚，又想起林叔的叮嚀，我靜靜待在原位，什麼話也沒說出口。

「該死的騙子！」

鯰魚不斷嚷嚷相同的內容，失去理智的樣子像個傻瓜。

「知道發生了什麼事嗎？」鯰魚忽地發狂，使我措手不及。

「不知道。」我只能搖頭。

「可惡！」鯰魚氣得牙癢癢。「油嘴滑舌的樣子，長大後肯定不是好東西。」

說完，鯰魚緊盯著我不放，似乎期待我回應些什麼。

「不……，」我搔了搔頭。「聽你這麼說，我還是不明白狀況。」

「給我用心偵查，拆穿那滑頭的假面具！」鯰魚大吼一聲：「林叔，向阿學說明案情。」

拎起桌上的茶杯，他獨自一人離開了偵查庭。

沒將案情說明清楚，部屬們當然無所適從，鯰魚或許是對沒用的自己感到氣憤，這麼一想，昨天的工作也就不差勁了。

林叔遞來幾份筆錄。

「你瞧瞧吧，不懂的地方再問我。」林叔冷靜地說：「簡單看看就好，又是冗長的公文。」

二位個性截然不同的前輩共處一室，昨天他們如何熬過的呢？

訊問筆錄

檢察官告知被告下列事項：

一、犯罪嫌犯及所犯罪名爲「利用傳播工具詐欺罪」。

二、得保持緘默，無須違背自己之意思而爲陳述。

三、得選任辯護人。

四、得請求調查有利之證據。

問：依刑事訴訟法第一八一條規定，因陳述內容導致自己受刑事追訴或處罰者，得拒絕證言、如不拒絕證言，就要據實陳述，否則成立僞證罪，有無意見？

答：若無證據指出我有參與，請將個人資訊保密。

問：根據刑警隊提供之筆錄：一〇八年三月十一日上午十一時五分，桃園市警察局刑警隊持搜索票至桃園市和平路，現場發現電信詐欺事實，案經本分局員警全程錄影蒐證，依現行犯逕行逮捕三人，並沒收現場電腦主機三臺、受害人聯絡資訊筆記七本、通訊手機十六支。以上內容有無意見？

答：沒有。

問：是否承認所爲違反刑法第三三九條之四，利用傳播工具詐欺罪？

答：沒有印象，若有提供通話證據不會否認。

問：以上所述是否事實？

答：事實。

問：有無其他陳述？

答：暫時沒有。

諭知請回。

本筆錄給閱無訛，簽名於後。

王〇〇

「嗯……，」我咀嚼甫看過的資訊。「這案子不麻煩吧？」

「是啊。」林叔簡短附和。

「詐欺犯的標準回答，」我挖掘腦海中曾遇過的案件。「不說謊、但也不直接認罪，非要調出電信證據才肯鬆口。」

對於我的分析，林叔看來是認同。

「所以，鯰魚究竟爲什麼火大？」我好奇地問：「詐欺款項難以追查？又或是對方的技術太好，查不出電信記錄？」

林叔緩緩搖頭。

「都不是。」

「林叔，拜託你別賣關子。」

「有點耐心，答案就在你手中。」林叔無奈地走來，拿起我正握緊的筆錄檢視一會，抽去三、四張紙，只餘下一份給我。

草率地瞄了眼，我還是充滿疑惑。

「不就是同個案子的嫌疑犯之一嗎？」

「但他與眾不同。」林叔的口氣驟變。「『特別』惹檢座生氣。」

問：有無犯罪前科？

答：無。

問：是否要請律師？

答：不需要。

問：今日在桃園市政府警察局刑警隊所述是否事實？

答：無可奉告，請跳過。

「『無可奉告，請跳過。』他眞這麼答？」我驚訝地問，這態度可不討人喜歡。

「算是一種緘默吧。」林叔聳聳肩。「往下看，還有更精彩的。」

問：檢察官當庭告知：依刑事訴訟法第一八一條，因陳述內容有導致自己受刑事追訴或處罰者，得拒絕證言、如不拒絕證言，就要據實陳述，否則成立僞證罪，有無意見？
答：我只是來打工的年輕學生，和犯罪沒有關係。
問：年輕學生也可能進行詐欺。你是否承認所爲違反刑法第三三九條之四，利用傳播工具詐欺罪？
答：我就讀法律系，若知道自己參與了犯罪，肯定會抽身，這說明我並無犯意。

「主張自己沒有『犯意』啊……。」大概明白鯰魚煩躁的原因。

問：以上所述是否事實？
答：事實。
問：有無其他陳述？
答：暫時沒有。
諭知請回。
本筆錄給閱無訛，簽名於後。

「林叔，您變得健忘了呀？」我將筆錄遞還給他。「對方沒有簽名。」

「等你幹了三十年就知道，這種事情很難忘記。」林叔以篤定的語氣說：「這名年輕人刻意不簽。」

什麼？

「那他如何走出偵查庭？」驚訝使我口不擇言。「鯰魚怎麼會讓他離開？」

「逮捕被告後，檢、警雖共有二十四小時偵訊時間，我們卻只運用其中的八小時。」林叔向我解釋偵查實務：「昨天簡直是一塌糊塗，警方同時間移送來太多嫌犯，缺乏機會一一訊問。」

「因爲到了二十四小時期限，不得不讓他離開？」

「正是如此。」

「難怪檢座憤憤不平。」我消沉地說：「煮熟的鴨子飛了。」

「還有一個原因。」林叔補充說明。

「嗯？」

「那年輕人長得十分英俊。」

長得英俊又怎麼樣？

「檢座見到帥氣男性便會充滿敵意。」

明明是個醜男，卻對俊俏臉龐懷有競爭意識？

由於筆錄結尾處沒有留下簽名，我只好翻回第一頁，這才見到被告的大名：洪方維。

若林叔所說爲眞，年輕人和鯰魚爲洪姓同宗，外表卻有天壤之別。

鯰魚粗魯地推開大門，手上端著的茶水飛濺而出，醜陋的主角滿臉不服，失去風度的樣子使他像個反派。

「林叔，趕緊安排再傳。」鯰魚咬牙切齒地說：「我要好好修理這年輕人，痞子一個。」

三月十五日　週五

一名穿著淺灰色大學T恤的俊俏學生站在應訊處，地檢署並不常見這類打扮。進出司法體系的年輕人大都有著「漂泊」氣息，每天總會見到幾位腳踏拖鞋、刺龍刺鳳的「兄弟」前來報到，透過服儀，彷彿能見到他們對司法的不屑一顧，眼前這人因此特別。

高挑又俊俏的男學生，通常只能在大專院校見到，他友善地向我和林叔微微鞠躬，看得出帥氣的髮型上噴了不少定型液。

「有帶身分證嗎？」鯰魚開始訊問。

「有。」

「拿給書記官啊！」鯰魚毫不客氣地指責：「不是讀法律系的嗎？連這也不明白？」

年輕人沒回應，靜靜地將身分證交給林叔。

「洪方維先生嗎？」林叔問。

「是。」

「國民身分證統一編號？」

回答正確。

「戶籍地址？」

也是正確，確認完畢。

「那天被你逃過一劫，今天不會再讓你躲過。」鯰魚先是下了馬威：「知道嗎？」

「不太明白，」男大生露出無邪笑容。「案子有需要幫忙的地方，我會盡力試試。」

二人嘴上互不相讓，年輕的一方並未敗下陣來。

「別耍嘴皮子，我問什麼、你就答什麼。」鯰魚保持強勢的態度。

男大生的眼神毫不退縮。

「我再問一次，你是否承認違反了利用傳播工具詐欺罪？」鯰魚進入正題。

「不承認，」男大生輕快地搖頭。「上次說明過了。」

鯰魚的嘴角露出奸詐笑容，彷彿看見肥嫩的魚咬上誘餌。

「別怪我沒給你機會。」鯰魚拿出警察扣押的筆記本。「上頭有你的筆跡，這該怎麼解釋？」

「能讓我看看嗎？」男大生看來有些困惑。「我沒有印象。」

「拿給他，」鯰魚輕聲交代：「別讓他撕了。」

不必他說我也明白，拿起筆記本，我走向應訊臺。

「謝謝。」男大生接過筆記本，開始翻閱。

他一面閱讀，我就站在他的身後眺望著，發覺裡頭的筆跡十分多元，大概是同夥們共享同一本資料。

「不……，我沒有印象。」男大生將筆記本遞還給我。「或許有看過這本資料，但沒料到是詐騙資料。」

鯰魚拿起檢察官席上攤平的紙本，那是警察所做的筆錄資料。

「看到這筆跡嗎？」

「嗯。」

「你賴不掉了，瞧瞧你在警局的簽名。」鯰魚急促搶過筆記本，找出圓滑又寬大的字跡。「和犯罪證據裡的筆跡一模一樣。」

鯰魚這回占了上風，男大生只好舔弄自己的齒脣，謹慎盤算下一步。

「檢座，您似乎誤會了。」

「罪證確鑿，還要狡辯？」鯰魚不屑地說。

「不是狡辯，請看我在警局筆錄的簽名。」

鯰魚拿起紙本，我也湊了過去，上頭簽著圓滑的「洪方維」三字。

「再看筆記本，第二頁有個寫著『張瓊芳』三字的筆跡。」

如他所說，那裡也有個圓滑的藍色字跡，無論是落筆的力道、又或是墨水的顏色，看來都相當類似。

「這便是證據。」鯰魚說。

「不，請瞧我所寫的『方』，橫折處並未鉤起。」男大生平靜地解釋：「筆記本上的『芳』卻有勾起，兩者有微小差異。」

我聽見身旁的鯰魚氣得磨起了臼齒。

「檢座，我並非狡辯。」男大生奪過主導權。「就算在筆記本上簽名的是我，也不足以證明我對詐欺行為知情。」

所言甚是，此舉不過是陷阱而已，畢竟不是個決定性的證據，這年輕人連一絲遲疑也不曾暴露。

該說高明，又或他眞是無辜呢？

「我只是個打工的學生，」男大生試圖爲證詞劃下句點：「勉強還算是受害者呢。」

年輕人終究是年輕人，若他低調收下勝利，這案子或許便到此爲止，但他更進一步主張自己爲受害者，這麼做刺激了對手，鯰魚是種擅於在泥中打滾的生物。

這時他還不明白，眼前這位其貌不揚的檢察官雖不高明，卻隨時做好了同歸於盡的準備。

「阿學，錄音筆拿出來。」

「是。」

我聽從鯰魚的指示，自電信公司調出資料，要我把檔案放入錄音筆中。

「小子，多虧你把我逼到這一步。」鯰魚自信滿滿地說：「接下來的證據你不得不服。」

原以爲眼前的男子是名透澈、清新的學生，聽完了錄音檔，他的面容在我眼中開始扭曲，像漩渦、像異獸。

隨著對象更迭，時而代表線上購物、時而又是電信專員。

『張小姐嗎？妳在線上購買了十二個電暖器，將被連續扣款十二次……。』

『您的新門號欠費多時，我們將通知警方，請不要慌張，先提供身分證資料……。』

『健保局通知您，經過電腦判定，您的健保卡有違規使用的情形發生……。』

錄音檔中的人聲，都來自我們眼前這名看似無害的男大生，民眾遭到欺騙，恐怕是因信任這悅耳嗓音吧？

他的五官持續歪曲變形，眼珠子竟向兩側延伸開來。

「變色龍，」我暗忖：「沒錯，他就像是變色龍。」

終於播放完畢，我將錄音筆收起。

「說吧，」鯰魚直盯著眼前的年輕人。「還有什麼好辯解的？」

男大生並未低下頭去，望向檢察官席的眼神不作退縮，令人感到些許敬佩，至少我是做不到的。

「唉。」他無奈地嘆口氣，彎下腰去翻找擱在腳邊的後背包。

過了一會，他從Ａ４文件夾中抽出紙張。

「請你們看這份文件。」

鯰魚以下巴不屑地點向應訊臺，要我去拿取資料。

「謝謝。」在我接過單據後，男大生道了聲謝。

我已分不清禮數背後，究竟意味著什麼？

鯰魚將文件讀了又讀，沒明白男大生想要表達什麼，卻也不願認輸。

「勞保費繳費證明。」鯰魚口中唸唸有詞：「二〇一六年三月到職。」

「檢察官，我能夠說明嗎？」男大生自薦。

看得出來鯰魚滿臉不情願，但不能阻遏其發言的權利，只好將收據扔上桌面。

「說。」

「這是我緊急申請的勞保費繳費證明，就知道今天會派上用場。」男大生像是進行一場演說：「請檢座翻至下一頁。」

鯰魚撿起收據。

「本頁印有投保單位名稱：『誠摯整合行銷有限公司』，這說明了我何以認定這是份合法工作。」

「『誠摯整合行銷有限公司』……。」鯰魚複誦才聽見的解釋。

「面試時，老闆為我合法加保，公司也經由政府核准成立。」男大生不給鯰魚思考時間，繼續說下去：「公司的名稱內有『整合行銷』四字，因此我以為業務廣泛是正常現象。」

男大生侃侃而談，卻也不妄下結論，將難題扔回給鯰魚。

「這人未來大有前途。」我不禁這麼想。

偷看坐在右方的鯰魚，他的臉色脹紅，忽地又轉為鐵青。

「公司的名字叫什麼？」鯰魚開始拋出奇怪的提問。

「報告檢座，公司叫作『誠摯整合行銷有限公司』。」

「整合行銷代表什麼？」

「業務種類多元的意思。」

「老闆有爲你投保？」

「當然，資料就在您的手上。」

鯰魚慌了，訊問破綻百出、一再重複。

「先這樣吧，」我低聲提醒鯰魚：「這些問題已經問過了。」

似乎是禁不起刺激，鯰魚惡狠狠瞪向了我。

我沒打算出頭，只是明白鯰魚無法扳倒眼前的對手。

「別以爲沒事了。」鯰魚語帶威脅地說：「一找到證據，就會再傳喚你。」

「案子如果有需要幫忙的地方，我會盡力試試。」

案情回到原點，男大生從容贏下第二戰。

這次，男大生遵循規矩在筆錄結文處簽下大名，鯰魚只能任憑他悠然步出三十七號偵查庭。

「有罪嗎？」我忍不住胡思亂想。「該不會他眞的沒有『犯意』吧？」

「這些整合行銷公司簡直亂七八糟。」鯰魚待在原位，以指腹揉壓著太陽穴。「又是線上購物，還能代表健保局發言？」

似曾相識的公司、似曾相識的劇情，我們是不是在哪裡遇過類似的案件？

林叔不知何時走來我的身旁，將我從思緒中拉出。

「去一趟中亞大學吧。」

「中亞大學？」不明白林叔的用意爲何。

「中亞大學法律系，嫌疑人就讀的系所。」林叔解釋。

「這次必須依靠你的力量。」鯰魚加入我們的話題：「拆穿他的假面具吧。」

「不，您怎能確定他一定戴著假面具呢？」我說出心中的疑慮。

「他肯定在說謊。」

「怎麼說？」林叔和我都充滿了好奇。

「他那油腔滑調的樣子，不可能是說眞話。」

只憑感覺便要將人定罪，鯰魚可眞是輸得透頂，他就像個無理取鬧的糟老頭，而不是爲被害人發聲的檢察官。

「我會去中亞大學瞧瞧。」若嫌疑人是無辜的，必須由我還他清白。

「麻煩你了，我和檢座的年紀不適合走進校園探訪。」林叔說：「對方是個聰明人，別做得太過火引來申訴。」

「知道。」我想起另一個問題。「這次有讓對方簽名吧？」

「那當然，你自己看。」林叔一臉不滿，將筆錄扔了過來。

我端視著好不容易才得到的當事人簽名，果然又是個碩大又圓滑的字跡，『方』字的橫折處竟被畫上個小圓圈，不是鉤、也並非不鉤，像是稚氣學生的惡作劇、或是精心設計的名人簽名，即使陷入麻煩，男大生看來依然從容。

三月十八日　週一

才來到大學周邊，便清楚感覺到一股慵懶氣氛。

女大學生大都不畏春風、穿著牛仔短褲搭配夾腳拖鞋；男大生則都穿上當今流行的窄管褲，或許是另一層次的「制服」。

這次要調查的嫌疑人洪方維，原本我們稱他爲「男大生」，學區內卻遍布著年輕學子，要是我在街頭喊出男大生三字，恐怕有將近十人回頭望我吧？

看來得趁著採訪，爲他取另一個綽號才行。

中亞大學最著名的便是附近的夜市大街，然而，我來訪的時段是上午九點鐘，因此未有任何喧囂氣息，只見柏油路四處是昨夜餘下的垃圾殘渣。

距離畢業已過九個年頭，坦白說，我對大學生活的印象並不深刻，因爲我並未搬離家裡，也可能是高中的放縱已讓我有了警惕，我鮮少參與同學們的每個夜生活，對於狂歡我感到陌生。

當年除了上課，我經常待在家中房間獨處，觀看日劇、動畫、YouTube 等等，便是我與現實接軌的手段，只是經過渲染的劇本，又何以稱爲現實？

我最喜歡觀賞的便是法庭劇，雖然我厭惡深陷其中、不顧家庭的失衡父親，卻也深深爲法界的魅力所折服，每每見到開庭戲碼，心情總會陷入複雜。

『余誓以至誠，恪遵憲法，效忠國家，代表人民依法行使職權，不徇私舞弊，不營求私利，不受授賄賂，不干涉司法。如違誓言，願受最嚴厲之制裁，謹誓。』以上是檢察官任職時的誓詞，我總覺得少了什麼。

日劇中，不顧其他檢警的阻撓、一心替受害人發聲的年輕檢事說：

『只要是犯罪，就沒有大小之分。』深深打入我的心坎。想遠離、又爲其吸引。

這些少年內心的煩惱其實毫無價值，當時我的腳步已踏入了法學院，沒有回頭的可能。該成爲幹練的「法匠」、或是幫助弱勢的「法俠」，是我不斷思考的問題。

我想協助他人，卻沒有足夠的膽識肩負責任，考取「檢察事務官」是我最終的決定。一旦找出自身的出路，便再也不管學校課業，我全心全意爲考取檢事官努力，同時間，我開始背著家人出外打工，爲離家做足準備。

母親大概是知道這事的，但從未當面戳破我，至於父親，他只顧自己感興趣的事情，又或對於生活根本毫無興趣。

這便是我的大學生活，單調且寂寞，又是人生中不可抹煞的一頁。

走進中亞大學，馬上將我從過去的思緒抽離，此處的氣氛與我的母校大有不同，這裡有新潮又方正的建築，挑高落地窗令人感到時尚，然而學生們大都沒精打采，彷彿早間的課程爲他們帶來了極大困擾。

感受不到熱烈的求知慾望，或許是我來錯時間吧？趁這鬆散的氣氛瀰漫著，我順利地潛入了中亞大學法學院。

鐘聲總算響起，我待在教室外的座位區已半小時，門口的課表上寫著「刑事訴訟法」五字，裡頭總會有些法律系學生吧？

幾分鐘過去，廉價鋁門終於被推開，一群大學生像蝗蟲過境般同時湧出。

「午餐要吃什麼？」

「好累喔。」

「下禮拜可以蹺課吧？」

大都是沒有深意的呻吟，只有兩名女學生吸引了我的注意。

「不覺得冠憲很帥嗎？我晚上要去看他們打球。」身穿紅色上衣的女學生洋溢著幸福。

「宗凱比較帥吧？」另一名微胖女大生說：「嗯……，選誰比較好呢？」

接下來的話我沒能聽清，只見二人開心嘻笑起來，我望向手錶：十一點九分，該是他們繼續上課的時候，我還未採取任何行動，畢竟關鍵時刻並非當下。

選定了下手的目標，得利用中餐時段套出些有用的資訊才行。

Ψ

中午休息的鐘聲響起，我隨下了課的學生們來到地下餐廳，這裡有男學生的汗騷味，令人嫌惡卻又有些懷念。

早已瞄準打算問話的對象，洶湧的人潮使我跟丟了她們，只好站在座位區一隅打量四周，這已稱不上是暗中訪查了，暴露身形於大眾之中，附近的年輕人開始發覺我的格格不入。

「下午有課嗎？要不要回宿舍打電動？」

「你看過那個人嗎？不是學生吧？」

疼痛忽然衝上腦門，我趕緊搓揉頭皮。

「我今天生理期來，下午幫我跟教授請假。」

「那妳晚上還會去看冠憲練球嗎？」

這話令我恢復清醒，我急忙回過頭去尋找聲音的主人，卻嚇著身後的女學生。

「抱歉。」我趕緊道歉：「我在找人。」

身穿紅色上衣的女學生拉開與我之間的距離。

「妳們先排吧。」我說。

來到自助餐的隊伍後端，眼神穿過人群緊盯著那兩名女大學生，不打算讓她們再次離開視線。

「又見面了。」我營造出巧遇的感覺。「妳們好，我能坐在這空位嗎？」

二位女學生交換眼神，畏縮地點點頭。

這便是身爲檢事官的悲哀之處，多數上班族總能在午休時間稍作歇息，我卻不時得在用餐時進行工作，不僅沒有加班費，也傷胃。

「妳們是法律系的學生嗎？」我問。

「你怎麼知道？」被我的問題嚇到。

「我是檢事官，在桃園地檢署任職。」我說出編造的理由：「當然能看出誰是法律系學生。」

她們二人相覷，不知對我的藉口信是不信？

「檢事官是什麼？」豐腴女大生問。

「妳們不知道嗎？」二人搖搖頭，我不得不進行解釋：「算是檢察官的助理吧。」

「原來如此。」紅衣女大生終於卸下心防，開始享用眼前的自助餐。

「我找林教授討論事情，順便來法學院參觀、看看。」這是先前在課表讀到的資訊。「你們班的男同學長得挺帥。」

「是呀。」她們倆同聲回答。

「妳們覺得誰最帥？」我切入正題。「冠憲？還是洪方維？」
「洪方維？」
「他說方維啦。」豐腴女生為同伴回答：「我們比較喜歡冠憲。」
「妳們叫他方維？他是個什麼樣的人？」
二人同時放下筷子，望向我的後方，也不再回答問題。
「我們和他不熟，」沒有預兆，女同學突然端起餐盤。「再見。」
留下錯愕的三十歲大叔待在原位，沒明白究竟說錯了什麼話，卻將發生更加失控的劇情。
趁我還未摸著頭緒，身後的人拍了拍我的肩頭。
「嘿！」男大生開朗地說：「你不是前幾天的檢察事務官嗎？」
我竟然像個做錯事的小孩，寒意隨脊柱緩緩上爬。
不情願轉過身，那人果然是我正在調查的對象。
看來是曝光了。
「這麼巧？」我試圖遮掩慌張。
「是我的臺詞吧？」對方笑著，同時伸出手。「你好，叫我方維就可以了。」
我只好和這名舉止成熟的大學生握了握手，明白這是法界特有的「先禮後兵」做法。
「方維，很高興認識你。」我匆促收拾桌面。「我得離開了，有機會再聊。」
「等一下嘛！」方維快步走向對面的空位。「助理真是辛苦，雜事都歸你管。」
「助理？」
「是啊，助理。」方維的表情令人讀不出想法。「檢事官，不就是地檢署裡的助理嗎？」
想起剛才向女大生搭話的過程，我也以「助理」一詞介紹自己，從別人口中說出卻是件不快的事情。

「沒辦法，這就是工作。」我打算還以顏色。「踏實工作的感覺，總比偷雞摸狗來得好。」

方維抿起笑容、扭動肩膀，試圖讓身上的潮牌T恤更加平整。

「你是來調查我的，對吧？」對方竟有切入正題的膽識。

「不，我找林教授討論事情，順便來法學院參觀。」儘管對方不可能相信，我還是這麼說了。

「林教授……，」方維從球褲口袋抽出智慧型手機，保護殼上印刷著骷髏頭。「林教授剛好是我的班導師，要我打給他問問嗎？」

方維將手機螢幕轉向我，上頭顯示「林建雄教授」五字。是他贏了，我那紙糊的謊言被輕易戳破。

「沒有必要，我該離開了。」我像是個戰敗的士兵。「再見。」

「別走嘛！」方維蹺起二郎腿。「我不介意你來調查呀。」

「什麼？」難掩我的驚訝。

「請你留下來調查吧，我以一個納稅人的身分要求你。」方維再次露出爽朗的笑容。「雖然我還沒有繳過稅啦。」

虛耗一個上午，即將取得情報時卻暴露了身分，走這一遭並未解惑，反而令我走進更深的迷霧之中。

這人葫蘆裡賣什麼藥？

「爲什麼？」腦袋一片空白，我隨口拋出疑問。

「你是指：爲什麼我希望被調查嗎？」

「嗯。」

「因爲我是無辜的。」方維再一次扭動肩膀，寬大的T恤似乎令他精瘦的上身不適。「你儘管調查吧，這樣反而能證明我的清白。」

我們望向彼此，卻只有一人看清對手的底細。

他眞是清白的嗎？

我捫心自問，試著不爲自己的刻板印象、他人的主觀見解影響。

依然無法妄下定論，他又贏了。

「好吧。」我問些無關緊要的問題：「你就讀哪所高中？」

「等我一下，」方維將智慧型手機橫放於桌上。「嗯？你問了什麼？」

「你就讀哪所高中？」望著鏡頭下的紅色燈號，我感到不大對勁。「這是在錄影嗎？」

「是啊，你繼續問。」方維隨口回答。

「請你關掉。」我鄭重要求。

「爲什麼？」

「你居然問爲什麼？」終於讓我抓到了小辮子。「肖像權受到民法的保障，難道你沒有讀過嗎？」

「那是在沒有發生『公共爭議』的狀況下。」

「什麼？」

「根據新北地方法院一〇二年的判例，若於公共區域發生爭議，不能認定有侵害肖像權的情形。」方維搬出我沒有讀過的資訊。

我直盯對方，不知該不該相信他所說的內容。

「你可以查，拿出手機吧。」方維從容地說。

而我不打算照著他的話做。

畢竟，他的態度已經說明了答案。

「地檢署的偵查不公開，我不能繼續問下去。」我將筆記本扔進公事包。「再見。」

站起身，我頭也不回離開了現場，想起今天的遭遇，令人感到太不甘心。

走出餐廳，忍不住還是看向剛才坐著的地方，方維像個偶像，身邊聚集了幾位同儕，他解說發生的種種，手舞足蹈的模樣看來比天橋下說書的還要生動。

「我愛怎麼拍，就怎麼拍！」不知道是我的幻覺，還是眞聽見了他這麼說。

Ψ

坐在三十七號偵查庭中，我述說上午的遭遇，像個逃回舒適圈的輸家。

眼前還有兩位同樣敗下陣的前輩。

「他居然敢說：『我愛怎麼拍，就怎麼拍！』」我氣得噴出幾滴唾沫。「現在的年輕人簡直無法無天！」

「什麼玩意，這傢伙根本毫無悔意。」聽完這段經歷，鯰魚也感到憤慨。「非給他一些教訓才行。」

「確實，一定要揪出他的把柄。」

「到時候還不整他個哭爹喊娘的。」

偵查庭中滿溢的怨氣無從洩出，牢騷使得氣溫升高幾度，終於明白鯰魚爲何對帥哥懷有敵意。

「你們冷靜一點。」林叔打斷我們。

「冷靜點？」鯰魚不滿地說：「你倒是奇怪，這傢伙也擺了你一道，難道不生氣嗎？」

「當然生氣。」林叔說，前些日子被書記官長叫去訓了一頓。

「你怎麼不『同仇敵愾』？」

「冷靜一點。」林叔又說一次：「該感到憤怒的人不是你們吧？」

這話什麼意思？

難不成生氣還錯了嗎？

「生氣的人應該是『受害者』吧？」

受害者……，

林叔說得沒錯。

我和鯰魚明白這道理，一時的怒氣使我們喪失理智，幸虧林叔將我們拉了回來。

「已經沒有方法接近嫌疑人，不如轉向調查受害者。」鯰魚支持林叔的說法，彷彿從未忘記，見風轉舵的魚。

「去探訪受害人吧。」說完，林叔遞來一疊資料。「這些人都被洪方維的聲音騙了。」

翻弄紙張，我粗略計算，大概有三十人的資料。

王俊宏，自由業，遭騙金額 55,212 元。

張瓊芳，家管，遭騙金額 213,500 元。

黃潔柔，大學生，遭騙金額 17,481 元。

陳偉憲，工程師，遭騙金額 1,453,000 元。

被騙的金額有大、有小；有整數、有零頭，從數字得以感受到，這些人被榨乾戶頭時該多麼憤怒。

我闔起雙眼，從肺部深處吐出一大口怨氣。

「該爲這些人討回存款了。」我喃喃自語。

「沒錯。」鯰魚將雙腳跨上檢察官席，在大腿上攤開報紙。「你聽林叔的話，一一去拜訪這些受害人吧。」

什麼？

「檢座，你也跟著去。」林叔說。

要鯰魚跟我一起外出偵查？

「書記官憑什麼命令我？」鯰魚相當不滿。

「您該出去走一走了，」林叔嚴厲地說：「別老是坐著不動。」

看向鯰魚的腰際，我也覺得他似乎更胖了些。

「沒這回事！」鯰魚就是不願承認。

「我在文書作業上幫您省了不少麻煩。」林叔語帶威脅說：「不聽我的話也可以，但從今而後我該任勞任怨嗎……？」

我瞥向鯰魚，只見他的臉色鐵青，像被林叔點中死穴。

話說到這份上，鯰魚恐怕是莫敢不從，畢竟，他可是屢次敗在繁瑣文件之中，少了林叔的協助，他不到一週就會被趕出地檢署吧？

林叔抓準機會，一把拿起電話準備撥打。

「等一下、等一下。」鯰魚忍不住求饒：「至少讓我挑選一下。」

「挑選一下？」林叔的嘴角露出獰笑。「剛才不是要求阿學逐一拜訪嗎？」
「等等，讓我跟阿學討論。」鯰魚把我拖下水。
林叔低下頭卻止不住竊笑，得和鯰魚一同外出的我滿是無奈。
鯰魚從龐大的受害人名單中翻出四個人的資訊，將它們攤開置於桌面上。
「你怎麼看？」鯰魚詢問我的意見。
「您決定就可以了。」我懶得多費唇舌。
「說吧。」
這麼耗下去只是白費時間，我勉爲其難拿起其中一份資料。
「工程師？」鯰魚接了過去。
「是啊，我選工程師。」
「理由呢？」
「他遭騙的金額最高，肯定想討回來，較有可能配合調查。」
「嗯……。」
鯰魚輕撫下巴，經過一番思考，竟將我的選擇放入淘汰的行列。
我當然不滿，難不成把我當成了反指標？
「遭騙的金額最高，」鯰魚唸唸有詞：「但，那不是他的所有。」
年近四十歲的工程師，大概不只有一百多萬的儲蓄。
「應該吧。」我心想。
鯰魚拿起另一張Ａ４紙。

「瞧瞧這女的，倒讓我有些興趣。」

令我想起鯰魚不擅與女性溝通的前例。

「要不要再考慮一下？」我擔心地問。

「考慮什麼？」彷彿我問了奇怪的問題。「這女的也是個大學生呢，和那騙子一樣。」

「是呀，但兩人扯不上什麼關係。」我將內文展示開。「女學生就讀中元大學，雖然都有個『中』字就是了。」

「無所謂，你瞧瞧她被騙的金額。」鯰魚以指腹劃過紙張。「17,481元。」

「17,481元。」我複誦：「那又怎麼樣？」

「重點在於『481』元。」鯰魚平靜地解釋：「那可能是她的所有存款。」

或許，女學生所有的存款都被洗劫一空了。

就讀高中時，母親爲我開立了銀行帳戶，存摺裡的金額從未低於四位數，雖稱不上優渥，但也沒苦惱過。

還未有謀生能力，卻落得一無所有，那是什麼樣的感覺呢？我無法想像，更別說感同身受了。

「喂，請問是黃潔柔同學嗎？」林叔聯繫了我們選定的對象。

我和鯰魚站在一旁，像是做錯事的學生，靜靜候著。

「是……，」女大生的聲音聽來有些畏懼。「請問你是哪位？」

「這裡是桃園地檢署，正在調查電信詐騙案件。」林叔說：「方便說話嗎？」

「可以，」話說完，她像是想起什麼。「眞的是桃園地檢署嗎？」

「是，怎麼了嗎？」

「你會不會也是詐騙集團？」女大生害怕地問。

既好笑、又令人感到悲傷的提問。

好笑的是：假如我們眞是詐騙集團，也不會因爲她的質問就得承認；至於爲何悲傷？因爲見到一個善良的人被迫丟失了天眞。

「歡迎來電地檢署，妳可以撥打四四〇一分機找到我，敝姓林，是名書記官。」

「嗯。」涉世未深，她還不知該如何回應。

「妳要自己撥進來嗎？」

「……，算了，沒關係。」女大生放棄了確認的權利。

不免令人懷疑，若她再遇上詐騙集團，會不會依然任人擺布？

「如開頭所說，曆股檢察官正在偵辦電信詐騙，需要聽取妳的意見。」林叔一鼓作氣說了下去，不再給她猶豫的時間。「什麼時候方便？」

「後天早上沒課。」女學生緊張地問：「我得去地檢署嗎？」

「不必，檢察官會過去找妳。」林叔自顧自下了決定。

只見鯰魚站在一旁自言自語，似乎在抱怨林叔的安排。

「後天早上九點鐘，在中元大學的女生宿舍大廳好嗎？」女大生說。

「當然，檢察官會準時抵達，到時候見。」林叔爲我們做出承諾。

「謝謝。」

電話即將掛斷之際，再次傳來女學生虛弱的聲音。

「對了……。」

「嗯？」林叔好奇地問。

通話陷入一陣沉默，女大生不知在思考什麼？

「你們眞的不是詐騙集團吧？」好不容易才開口。

「不是。」

「那就好，再見。」

總算掛上電話，不難想像她爲何容易受騙。

這座都市爲她褪去毫無防備的糖衣，該說是學習、還是退化呢？

Ψ

夜裡，老貓不知爲何無法熟睡，在套房裡走來晃去，我不想打開電燈，讓早已收縮的瞳孔再感到刺激，只憑月光打在老貓身上的微亮觀察著他。

老貓時而步向窗臺，又不肯走近，大多時候只是遠眺玻璃，焦躁地來回踩踏著柔軟的貓掌。

看來，老貓還沒走出那段觸動心弦的偶遇。

三月二十日　週三

又一次來到中壢區，剛才在計程車上，計程車司機問了奇怪的問題：

「你們是大學生嗎？」

「不是。」我趕緊否認，這誤會來得莫名其妙，鯰魚顯然是個中年男子吧？

「今天的天氣不太好，梅雨季要到了？」司機看向烏雲密布的天空。

「不會吧，現在才三月。」我提醒：「大哥，請注意前方。」

「歹勢，你們要去中亞大學、還是中元大學？」

「中元大學。」

我不再向司機大哥搭話，免得他又分心可就不好。

幸而，他順利將我們載抵目的地，望向上方寫著「慈恩宿舍」的雷射雕字，斑駁金漆透露了建築的年齡。

「走吧，時間差不多了。」我低頭看了下機械錶。

「嗯。」鯰魚還沒擺脫睡意。

走向女學生宿舍，在大學生的眼裡，我和鯰魚都是大叔吧？

宿舍大廳裡，趕往課堂的女學生們快步走過，反方向走著的我們顯得礙事。幸好，座位區只有一名年輕女生，穿越人群，我們走向目標。

「妳好。」

女大生抬起頭，她那姣好而略顯豐腴的臉蛋，和資料提供的照片相去不遠，依然有純樸稚氣。

「是檢察官嗎？」女大生看來有些緊張。

「我是檢事官、這位則是洪檢察官。」

「你們好，我叫黃潔柔。」生硬地自我介紹。

潔柔帶我們到附近的方形洽談桌，上頭還留有餅乾碎屑，她的手肘就這麼靠上桌面。

「你們想問什麼？」潔柔的表情充滿困惑。

「先來確認案發經過，」我從公事包中取出資料。「能請妳再說明一次嗎？」

她先是花費數秒來整理心情。

「大概兩個月前，我的手機接到一通來電，語調像是電腦語音。」潔柔痛苦地回憶著：「內容大概是說：『您的新門號欠費多時，懷疑個資遭竊，請不要慌張，提供身分證資料……。』」

被害人盡可能平靜地述說經歷，但能發覺她扶著桌沿的手背正在顫抖。

「回想起來眞是後悔，要是沒回撥就好了……。」

「潔柔同學，休息一下吧？」我打斷她的自述，一面從公事包中取出零錢。「要不要買個甜飲？」

「好。」潔柔拒絕我的施捨，起身走向飲料販賣機。

「匡啷」一聲響起，寶特瓶被無情機器扔下，潔柔唰地扭開瓶蓋，潤了喉、糖份使心情平復，她才走回原位。

「不好意思，我可以繼續說了。」

「請。」

「我終究是照做了。」潔柔繼續說下去：「我才剛辦手機，正好和情況相符，才會落入陷阱。」

「詐騙集團是透過盜取的電信資訊來挑選目標。」我解釋。

「對方提供的電話號碼很奇怪，是含有＋號的十一位數字。」潔柔難掩動搖。「當時我急著解決問題，還以爲我眞的欠繳電話費……。」

「然後呢？」鯰魚問。

「然後，接起電話的是一名年輕男性，要我提供身分證字號、銀行帳戶等資訊，他的態度很強勢，我不假思索就唸給他聽。」潔柔一鼓作氣。「最後，他要求我去到ATM，依他的指示操作，我已經記不清過程，他說會暫時替我保管款項，免得電信商重複扣款。」

我和鯰魚見過不少場面，卻沒有任何公式能有效撫平受害人的情緒。

對方說完故事，我們便會給予喘息的時間。

「很遺憾發生了這種事情，我們會盡力偵辦。」我怔怔地說：「也謝謝妳提供的資訊。」

「不客氣。」

我站起身，將編藤座椅靠上桌邊，發覺鯰魚還沒打算離開。

「您不回去地檢署嗎？」我問。

「問題還沒有問完，」鯰魚說：「再耽誤妳一些時間。」

「好……。」面對這名未知的中年男子，潔柔感到困窘。

我坐回座位，就看鯰魚打算問些什麼問題。

「妳原本住在花蓮，去年考上桃園的大學，對吧？」

「是。」

「爲什麼？」莫名其妙的問題。

「檢察官的意思是說：妳爲什麼選擇北部的學校？」我竟然聽懂了鯰魚的意思。

「爲什麼呢……？」潔柔思忖許久。「北部的大學總是比較好，不是嗎？」

「誰說的？」鯰魚一臉不屑。

「不知道，否則北部的學校爲什麼比較難考？」

「我也不明白。」鯰魚輕蔑地笑說：「反正，哪裡的大學生都不愛準時上課。」

「喂。」我以手肘頂了下鯰魚，提醒他眼前坐著的可是一位受害者。回頭一看，確實有零星又穿著狼狽的大學生衝出宿舍。

「花東地區的同學們，大都想要離鄉求學。」潔柔解釋。

「眞單純，」鯰魚話鋒一轉：「妳的家人呢？」

「除了爸爸、媽媽、還有一個妹妹。」

「不是問妳的家庭成員，」鯰魚揮了揮手。「家人如何看待這起詐騙事件？」

都怪他自己沒能說明清楚。

「爸爸很生氣。」潔柔泫然欲泣地低下頭去。

「氣什麼？」

「氣我浪費錢吧，我爸說：『沒把錢討回來，就不必回家了！』」潔柔無奈地說：「其實，我的零用錢都是靠打工賺來的。」

「你媽呢？」我也感到好奇。

「她不敢違抗我爸。」潔柔繃著臉說：「不過，她私下匯給我三千元應急。」

「妳的同學們也有類似經驗嗎？」鯰魚換個問題。

「我不敢和他們說。」

「爲什麼？」

「怕被他們嘲笑。」潔柔小聲地解釋：「我也是最近才知道：『不要聽從他人的指示操作ATM』在這裡似乎是常識。」

「妳被詐取的金額一共是17,481元，是嗎？」鯰魚問。

「我記不清楚，總之那是我所有的錢。」

不到二萬元的儲蓄是她的所有，聽起來有些可笑，然而見著潔柔充滿苦澀的表情，便明白她多麼需要這筆錢。

「謝謝妳的配合，偵查到此爲止。」鯰魚總算肯放過她。

「請問，有可能拿回我的錢嗎？」

我和鯰魚互望一眼，他以眼神作勢要我回答，然而，那解答恐怕不是被害人想要聽到的。

「不知道，我們會試看看。」我說了謊。

「麻煩你們了。」潔柔是個純樸又有禮的年輕人，從鞠躬的幅度得以窺知。

不該是這人受騙的。

環境充斥有太多罪惡，怎麼投機客能夠大富大貴？善人遭騙反倒是「活該」？社會肯定是哪裡出了問題，複雜又龐大。

「天眞不是過錯，」我吁出一口長氣。「爸爸只是壓力無從宣洩罷了。」

她保持沉默，專心聽著我的發言。

「旁人的嘲笑、漫罵，都只是無助的表現。」我繼續說下去：「懂嗎？這座都市需要像妳一樣善良的人，不要因此改變。」

潔柔搖搖頭。

「我就是太天眞才會受騙。」

「妳先記著吧，總有一天會明白的。」鯰魚輕咳一聲。「再見。」

「謝謝，再見。」

我向眼前這似曾相識的女孩道別。

鯰魚沒打算返回桃檢，帶我來到附近的商學院大樓。

「現在的學生眞幸福，學校裡居然有便利商店？」鯰魚感慨地說。

「是呀。」我想，鯰魚眞是個落伍的人。

「我去買包菸。」

「檢座，學校裡的便利商店沒賣菸啦。」

「爲什麼？」

「畢竟是學校嘛。」

「呿，」鯰魚嗤之以鼻。「學生都成年了，拜託。」

說完，鯰魚逕自走向一旁的社團活動空間。

「檢座，不回去地檢署嗎？」

「晚點再說，免得林叔又把我們趕出來。」

不過偶爾出來走動，好像要了他的老命似的，看他汗流浹背的身影，很難想像不過是初春而已。

「走一走吧。」鯰魚隨手抹去額上汗水。「阿學，你以前參加過社團嗎？」

「沒有。」我乾脆地回答。

狹窄的地下室長廊裡擠有數十個類型迥異的社團，未到中午，這裡的人潮已稱得上熱絡。

「這些人不必上課嗎？」我感到困惑。

低沉的轟隆聲將腦漿攪得一場糊塗，我查找聲音的來源，在寫著「熱音社」的門後見到了把玩電貝斯的長髮少年。

鯰魚不顧自己的形象特殊，盡情四處遊走，不少學生露出了嫌惡的表情，避之唯恐不及，他在長廊創造出一條專屬走道。

「眞有趣。」這回，鯰魚盯著國樂社的教室不放。

我也湊了過去，裡頭躺著一把龐大但看似廉價的古箏，戴著厚重眼鏡的女學生正嘗試彈奏它。即使隔著水泥牆，隔壁仍不斷傳來吵雜的貝斯聲響，爲了對抗這股低頻，她只好加強彈奏時的手勁，幾分鐘過去，琴聲裡不再有抑揚頓挫，只是用盡全力撥動琴弦罷了。

「這有什麼好玩的？」我忍不住懷疑。

待在陰暗又潮溼的地下室中，一面得對抗著隔壁的噪音，哪裡稱得上有趣？沒有親身體驗過的我並不明白。

「青春眞是美好。」鯰魚讚嘆。

「是嗎？」我不置可否。

「阿學，以前有參加過社團嗎？」

「沒有，」爲了對抗搖滾少年，我不得不加大音量。「你剛才問過了。」

「是嗎？」鯰魚沉浸在自己的世界。「讓我想起了年輕時的事情。」

「檢座，你參加過學生社團嗎？」

「不算是。」鯰魚回過神。「那年代，在學校成立社團是件麻煩事，必須經過教官的審核。」

「原來如此。」我隨口應聲。

「幾名同好在學校裡找個廢棄空間，就這麼玩了幾年。」鯰魚自顧自地陶醉起來。「眞懷念啊。」

「你們都玩些什麼？」

「『霹靂舞』你聽過嗎？」

霹靂舞？

雖不明白霹靂舞究竟是什麼，鯰魚肥胖的身軀不像是能跳舞的人，失聲笑了出來，幸好，貝斯聲將我的失態掩蓋過去。

「走吧。」鯰魚終於看夠。

「嗯。」

「不管乖乖牌或是壞學生，自然會成爲這個社會的骨幹呢。」

是啊。

無論任性妄爲的貝斯手、或是心情浮躁的國樂社同學，我們都應該要守護，五年、十年過後，他們當然會長成不同的大人，生澀的經歷終將化爲養分。

「阿學，你爲什麼不參加社團？」鯰魚再將矛頭指向我。

「哪有理由，沒找到感興趣的社團。」

「是嗎？」鯰魚露出令人厭煩的笑容。「你只是不敢踏出第一步吧？」

氣得想朝他那禿個精光的頭頂搥下去。

Ψ

時間又再接近午夜，今晚我沒能入睡。

不只是老貓的舉止影響了我，詐欺案的種種細節還纏繞在心上。

「怎麼辦才好呢？」

我和鯰魚雖然採訪了受害人，也只是理解遭騙的不甘而已，該如何擊潰眼前的對手，我們還是束手無策。

老貓站在床邊，遠眺伊人早已遠去的窗邊。

「乖啦。」我撫摸老貓背上的柔毛。「母貓說不定找到主人了，你該為她感到開心。」

「喵。」

反正是失眠了，我打開久未登入的ＢＢＳ頁面，打算窺探現今的網路世代，輸入記憶中的帳號、密碼，沒想到一次便成功了。

「Lucky！」我心想。

這玩意真是歷久不衰，不過是個單純的文字論壇，現代年輕人依然愛用。

←　五樓你說呢？

←　站內聊

推　徵女友　眞心不騙

推　我覺得可以

推　五樓沒穿褲子

年輕人的用語天馬星空，使論壇成了另一個境界，想完全理解新世代，不是片刻能達成的事情。

「喵。」老貓又出聲。

「怎麼了？還在想她呀？」我感慨地說：「問世間情爲何物，直教人生死相許。」

想當年，我們在ＢＢＳ只是以七言詩詞調侃友人，時代更迭真是快速。

等等。

「問世間情爲何物，直教人生死相許。」我又嘀咕一次。

依稀記得剛才見到的留言之中，有著徵友之類的目的，用字遣詞雖與我們相去甚遠，然而爲情所困又趨之若鶩，生而爲人便無法倖免。

有辦法了。

三月二十一日　週四

才走進三十七號偵查庭，當務之急是找出筆記型電腦，不知道收哪裡去了。

「你在做什麼？」林叔發覺我詭異的行徑，前來關心。

「我在找筆記型電腦。」

「在檢座的位子上。」

果然，鯰魚又不告而取我的東西，以掌心撢去鍵盤上的灰塵，再一次點開論壇網頁，並鍵入帳號與密碼，坐在桃園地檢署內逛起了BBS，我很快便找到中亞大學法律系的班級論壇。

「太好了。」我在內心如此吶喊，計畫已成功一半。

論壇裡有同學們的通訊錄，我能夠輕鬆取得大學生的個人資訊，無論姓名、電話，甚至電子郵件都一覽無遺。

看來，誰都可能成爲詐騙集團的俎上肉。

『以眼還眼，以牙還牙。』希伯來聖經裡如此描述：當你令他人遭受損失，你也得有相應的制裁，美其名是「合理的懲罰」，也有「同態復仇」的意義深藏其中。

我不打算對大學生痛下重手，算是法律系前輩的些許善意。

爲了搭起溝通的橋梁，我將扮演的不再是「檢事官」角色，而是「女大生」。

說來有些卑鄙，但我面對的可是詐騙集團，這麼做稱得上越界嗎？

我也不敢確定。

「你在做什麼？」鯰魚拎著買來的早餐，姍姍來遲。

「我正在努力工作，不像有人經常遲到。」我語帶諷刺地說：「您有對付嫌疑人的方法嗎？」

「有啊。」

「什麼？」我當然驚訝。

「找個女大生把他給誘拐出來，再趁機取得他的證詞。」鯰魚一派輕鬆地說。

這正是我在嘗試的方向，早知道先說出口了。

「二位，你們這麼做，可能會變成非法取得證據。」林叔叮嚀我們。

「放心，」鯰魚的口中咀嚼著蘿蔔糕。「我們又不會將證據呈上法庭。」

丟　方維　水球：嗨^^

丟　方維　水球：是中亞大學的學長嗎

我正利用的是BBS內建對話功能。

「沒打算加上標點符號嗎？」鯰魚站在一旁。「會不會不夠正式？」

「你不懂啦。」我嫌棄地說，這可是我昨晚揣摩許久的女性口吻。

「那就交給你全權負責。」

鯰魚將蘿蔔糕一掃而空，拚命咀嚼，好一個樂得輕鬆的邋遢老頭。

直到午餐過後，對方才終於捎來訊息。

★　方維：嗯

★　方維：你是誰

「來了！」

望向身旁熟睡著的鯰魚，我想還是別叫醒他吧，自己處理起來更爲順手。

『我是中元大學的大一學妹，學長忙嗎？』我說謊。

『嗨，我們好近。』洪方維回應：『剛睡醒。』

『學長想要聯誼嗎？我和朋友們心情不好，剛好有幾張免費餐券。』

拋下幾句臺詞，對方卻放慢回覆的速度，我遲遲得不到方維的答案。

「該不會被他識破了吧？」我忍不住懷疑。

對方的狀態「水球準備中」維持了五分鐘，我忐忑的心情未能獲得解脫。

『好啊，免費的當然好！』終於上勾了。『我來逗妳們開心。』

『還以爲學長沒興趣，我叫小柔。』我繼續扮演女性。

『叫我方維就好。』

『方維，下週三中午好嗎？』

『好，妳們那邊幾人？』

『兩人吧。』

『那我也帶一個朋友，妳再傳餐廳地址給我。』

扮演女大生令我感到羞愧，好不容易終止對話，我趕緊將筆記型電腦闔上，假裝剛才的事情不曾上演。

該說僥倖嗎？幸好對方並未起疑，乾脆地答應了邀約，否則我們再也無法引蛇出洞，若是重來一次，我仍會做出相同的判斷，必須豪賭一把。

在司法面前，鯰魚其實已輸了這局，檢方沒有手段能逼對方坦白，只要對方堅持沒有「犯意」，而我們又無法舉出反證，起訴不可能有勝算。

爲什麼？請試想一下，無論誰見到不修邊幅的檢察官，與天眞無辜的俊俏男大生對比，你會選擇相信哪一位？

我們必須承認：法律無法釐清所有事情，特別是「人心」。

鯰魚依然睡得香甜，我將智慧型手機放進口袋，步出偵查庭。

「喂？」熟悉的女聲刻意壓低音量。

「我是曾檢事官，記得我嗎？」

「記得，請等我一下。」過一會，聽筒那端傳來開門的聲音。「不好意思，我正在上課。」

「別這麼說，是我打擾妳。」

我盤算該如何對她開口，還有些許顧忌，而時間悄悄流逝。

潔柔感受到事情的古怪，主動打破沉默。

「怎麼了嗎？」

「沒事，」我故作輕鬆地說：「妳想吃大餐嗎？」

「什麼？」

女孩就算天眞，還是對這牽強的邀約起了疑心。

「妳想吃大餐嗎？」我又說一次：「地檢署為了補償妳的損失，提供雙人餐券給妳。」
「眞的嗎？」潔柔半信半疑地問：「哪裡的餐券？」
「都可以，看妳想吃什麼。」
「那，我想吃中茂百貨的日本料理。」潔柔補上一句：「眞的可以嗎？」
「當然可以。」我乾脆地答應：「幫妳訂下週三中午的位子，那天妳沒有課，對吧？」
「謝謝，我會準時過去。」
「當天我不會到場，會有兩位男大生和妳一起用餐，不必擔心，他們也是受害人。」我編造劇情：「你們可以和對方聊聊天。」
「好，還有什麼需要注意？」
「沒有了，好好宣洩一下。」
「那我先回去上課了，」潔柔說：「眞的很感謝您。」
「對了，等一下。」
「嗯？」
「帶妳最好的同學一起去吃吧，該是時候讓她知道了。」我鄭重地說。
「是嗎？這樣好嗎？」潔柔有些慌張。
「朋友一定會理解妳的。」我說出心裡話：「她要是嘲笑妳，就當作趁機看清吧。」
「我考慮看看。」
「妳沒有必要迎合每一個人。」
掛上電話，我回到偵查庭，將日本料理所在的位置傳給另一位與會人。

三月二十七日　週三

「嗨。」

「嗨。」

電子訊號由網路技術傳達到彼端，螢幕則是屏障，現代人得以躲在後方恣意妄爲，透過鍵盤我們搭訕、攻訐、或是欺騙。

文化的更迭日新月異，新世代看似越來越活潑了，其實不然。沒想到連簡單的自我介紹都無法做好。

「快向她們搭話呀！」位於四人後方，我在內心如此吶喊。

潔柔和方維帶上各自的朋友，兩男兩女生硬地站在隊伍之中。

「客人們可以入場，歡迎光臨。」

服務生的喊聲出現，才爲他們化解了尷尬，一行人的臉上掛有期待。

我摘下墨鏡，隨服務生的招呼也進入日本料理餐廳。

直至附近的人都走遠，我從公事包中再次拿出強指向麥克風，將它安頓在桌下，上次沒派上用場，這次別再浪費租金了。

「嗨。」取完各自的餐點，終於得面對彼此，大學生們生澀地介紹自己。

「我是方維，他是小高。」方維依然穿著寬大的白色T恤。

「嗨！」小高的身材胖了些，雖然他模仿方維的穿著，卻沒給人帥氣的感覺。

「我叫潔柔，她是我的同學雅芳。」

「嗨。」

「謝謝妳們今天的招待。」原來，方維還稍微懂得禮貌。

「哪裡，不是我們的功勞。」潔柔解釋。

「妳們的心情不好？」

「當然，碰到這種事，誰的心情會好呢？」潔柔嘆口氣。

聚會總算以奇怪的形式搭上線了。

「說來聽聽吧，我才能安慰妳們。」男生大口咀嚼盤內的食物，畢竟是正值發育末期的少年。

「潔柔，妳遇到了什麼事？」身旁的雅芳同學好奇地問：「妳最近悶悶不樂的，要不要跟我們聊聊？」

「說看看嘛，不會怎麼樣。」

「我們可以給妳意見。」

眾人的關心越是熱切，潔柔的表情看來更加尷尬，我明白這種心情，畢竟沒人能幫自己脫離窘境，不如什麼也別說。

旁觀者不可能明白的。

「別難過嘛。」方維嘻皮笑臉地說：「做爲回報，等會請妳們去唱歌？」

「對呀，這人最近靠笨蛋賺了不少錢。」渾身肉感的小高幫腔。

「噓，那工作已經沒了。」方維怒斥：「別在公開場合說這些。」

「『笨蛋』嗎……。」潔柔小聲地喃喃自語。

「什麼？」坐在身旁的雅芳也沒能聽清。「潔柔，把話說清楚吧。」

潔柔先是深呼一口氣，終於做好說出口的打算。

「雅芳，我做了蠢事。」潔柔緊閉雙眼。「妳還願意和我當朋友嗎？」

「當然，應該吧。」雅芳同學擔憂地看向潔柔。「妳究竟做了什麼？」

「我……，」潔柔嚥下唾沫。「我遭到詐騙，戶頭裡的錢全被騙光了。」

潔柔難過地低下頭去，她沒有哭出聲，斗大的淚珠卻不斷地滴落在膝上。

雅芳撫摸潔柔的背部，像是照看委屈的孩子那般溫柔，自己也感同身受地難過起來。

兩位女大生倚靠著彼此，如此艱苦的經驗總會過去，而這事會深深烙印在她們的腦海之中，成為終將蛻變的養分。

「看吧，說出來果然會好些。」我心想，兩位女生的友情應該是通過了考驗。

聚光燈集中在悲情主角身上，誰也沒發覺方維的表情多麼難看。

除了我以外。

該是上場的時候了，我將麥克風粗魯地塞進公事包，掏出口袋裡的智慧型手機、點開「錄影」模式，朝大學生們所在的座位走去。

「嗨！」我挺起胸膛，高傲站在方維身後。「這麼巧？」

「檢事官？」潔柔驚訝地看著我，趕緊拭去臉上的淚水。「你不是沒空過來嗎？」

「他是誰？」雅芳好奇地問。

「受理案件的檢事官。」

方維大概也明白了自己的處境，終於認命轉過頭來，手機螢幕裡顯示著的俊俏臉蛋只是一片模糊，鏡頭因靠得太近而沒能對準焦距。

無所謂，能夠讀懂他那狼狽的模樣就好。

我要以肉眼親自見證一切。

「喂，你是誰？」小高兇惡地質問我，殊不知白嫩的肥胖身材嚇不了誰。「拍什麼拍？」

「閉嘴。」方維低聲交代。

「別這樣，他可是你的朋友，對他出氣好嗎？」我說：「『根據新北地方法院一〇二年的判例，若於公共區域發生爭議，不能認定有侵害肖像權的情形。』這是你告訴我的。」

俯瞰驕傲過了頭的對手，滋味竟是如此好受。

「方維，潔柔的心情不好，因爲你任職的『整合行銷公司』騙走了她的存款。」

聽完我的解釋，就連小高也低下頭去，和這帥氣朋友待在一起竟成了恥辱。

「今天是來通知你：週五過來三十七號偵查庭報到。」說完，轉向潔柔的位置。「兩位學長會請妳們吃飯，要是他們不肯掏錢，記得打給我。」

「嗯。」潔柔看傻了眼，還沒能反應過來。

「再見。」

我將年輕人們留在餐廳一隅，沒有哪樣懲罰比親眼見到受害者來得更眞實。

盡力壓抑情緒，內心的振奮與怒氣卻不安分。

三月二十九日　週五

昨日，我將拍攝的影片交給鯰魚，他津津有味地反覆觀看，將我的筆記型電腦占用許久。

「檢座，再怎麼看就是這樣了。」我不耐煩地說：「究竟要重播幾次？」

「再一次就好。」十分鐘前他也這麼說。

看著鯰魚心滿意足的表情，竟感到一絲興奮，我首次獨自突破了案件。

可惜，手上的證據無法將對手定罪。如同林叔所說：手機錄像有「違法取得」的道德風險，鯰魚不可能將其呈上法院，出糗的反而會是我們。

能讓鯰魚愉悅地反覆觀賞，便是這齣鬧劇的唯一價值了。

雖然不想承認，案子還是得交給鯰魚來終結，我的任務到此為止，若鯰魚無法辯倒對手，我們只能眼睜睜看著被告逃離了。

「眞精彩！」鯰魚還不肯將視線移開。「我再看一次。」

眼前這位邋遢大叔，眞能辦到嗎？

Ψ

俊俏的年輕人又一次出現，他收起桀驁不馴的態度，也未穿著棉質T恤，而是以白襯衫裝扮站上應訊臺。

「洪方維先生嗎？」林叔問。

「是。」

「國民身分證統一編號？」

回答正確。

「戶籍地址？」

也是正確，確認完畢。

「我再問一次，你是否承認違反了刑法第三三九條之四，利用傳播工具詐欺罪？」

洪方維依然不回答，只是露出陰鬱神色，微微搖頭。

前幾天的遭遇將他逼近懸崖，卻缺乏致命的一擊，我瞥向身旁的鯰魚，期待他能有好主意。

「不說話是對的。」鯰魚齜牙咧嘴笑了起來。

什麼？

竟在此時認可對方？

聽到檢察官如此發言，方維也驚訝地瞪大眼珠。

鯰魚不停歇說了下去：

「不主動承認『犯意』，我就沒辦法將你定罪。」

「你是個聰明人，好好珍惜你的能力。」

目睹眼前正發生的駭人劇情，我與林叔目瞪口呆。

「你以爲我會這麼說嗎？」鯰魚話鋒一轉：「想得美。」

總算感到放心，方維則是倒吸一口氣。

「『知法犯法，罪加一等。』是大學新生就該明白的基礎。」鯰魚高唱著獨角戲：「而你卻利用法學知識，試圖遊走在法律邊緣。」

眼前的男大生緊張地嚥下口水，喉結顫抖。

鯰魚若有玉石俱焚的覺悟，當然能果斷起訴這名年輕人，只是這麼做有葬送仕途的風險。我們靜候鯰魚的決定。

「那個女生叫什麼？」鯰魚忽然問我：「我們去探訪的那位大學生？」

「黃潔柔。」

「沒錯，就叫潔柔。」鯰魚問：「你怎麼看待她的？」

方維像是沒聽懂問題，呆望著檢察官席。

「年輕人，你是如何看待受害人的？」鯰魚又問一次：「說呀！」

「……，我感到很遺憾。」

鯰魚可沒因此滿足。

「你就這等能耐？」鯰魚不滿地拉大音量。「這甚至稱不上是道歉。」

方維露出徬徨眼神，誰也沒搞懂鯰魚的意圖，卻能感受到年輕人的心防正逐漸崩潰。

「書記官。」

「是。」

「接下來的對話不必記錄，當作沒發生過。」

「是。」

「年輕人，我再問一次：你是如何看待受害人的？」鯰魚緊逼對手。「感到抱歉？或是有其他的想法？還是像個廢物一樣沒種說清楚？」

年輕人終究是年輕人，輸給了傲氣、禁不起激。

鯰魚總算撬開對方緊閉已久的嘴。

「她太天真了，」方維斟酌用字遣詞。「沒人叫她匯那麼多錢。」

天眞？

說得未免好聽了些，他應該認爲受害者是咎由自取吧？

「你說她『天眞』？」

「嗯。」

鯰魚打開筆電，點擊我所拍攝的影片。

「在我看來，你比她更天眞呢。」鯰魚昂首面向對方。「自以爲躲在『不知情』的保護傘之中，卻在公共場合露出馬腳，被檢事官逮個正著。」

方維看著電腦螢幕裡的自己。

「這才叫天眞，自以爲是的天眞。」

鯰魚贏了。

他在對手的心中刻下無法癒合的恥辱。

「滾吧，今天到此爲止，」鯰魚不屑地說：「找機會再傳喚你，絕對纏你一輩子。」

年輕人垂頭離開了偵查庭，腦中盤旋有複雜思緒，深怕得背負任何程度的法律責任。

他終將面對內心深處的罪惡感。

方維離開後，鯰魚恢復成平靜的表情。

「林叔。」

「是。」

「將這案件偵結吧。」

「可是，您不是還要傳喚他嗎？」

「說說罷了。」鯰魚將雙腿跨上檢察官席。「他將永遠活在被傳喚的恐懼之中，夠可怕了吧？」就算哪天他住進豪宅、開乘名車，也不得不向前持續奔跑，爲了逃避自己的罪惡感，永遠無法停下腳步。

那些有錢人講的不見得正確，重要的才不只是財富。

我們將案件正式偵結了。

曆一〇八偵九〇〇〇二，案由：利用傳播工具詐欺罪；偵結要旨：不起訴處分。

林叔把本應寄出的「不起訴通知書」擱在鯰魚的桌上，對方永遠不會知道，我們已經結束了本案的偵查。

這麼做會有法律責任嗎？我不擔心。

畢竟，鯰魚的桌面實在髒亂，誰也沒注意到信件並未寄出，對吧？

曆股的誰都沒有「犯意」。

三月三十日　週六

偵查「電信詐欺案」的過程中，我總會聯想到表妹，除了她倆的名字都有個「柔」字，更因她們擁有相似的純樸。表妹在加拿大的生活好嗎？習慣了沒有？拜科技發達所賜，我打開表妹依柔的臉書頁面、再按下通話符號，網路將我們串聯起來。

「喂？」聽筒傳來熟悉的女聲。

「喂，我是阿學哥。」我問：「在加拿大還習慣嗎？」

「我回臺灣了。」依柔平靜地說。

「什麼？」

我沒能掩飾驚訝的情緒。

「我現在住在高雄，阿學哥要來玩嗎？」依柔的聲音裡聽不出落寞。

「高雄有點遠耶，連假才能下去。」

「是嗎？太可惜了。」依柔的聲音有些亢奮：「有個地方想帶阿學哥去瞧瞧呢。」

「哪裡？」我有點好奇。

「阿學哥想要『發大財』嗎？」

「什麼？」好像在哪裡聽過這口號。「抱歉，收訊不太好，能再說一次嗎？」

「我在國外加入了同鄉聚會，說是能讓會員發大財。」依柔拉大音量說：「所以我才回到臺灣，擔任加拿大代表暨紅寶石主任，不是直銷唷，是『多層次傳銷』。」

「這樣啊……。」

「阿學哥有空過來一趟，我帶你見主管。」

「之後再說吧，二舅知道妳回來了嗎？」沮喪感忽地湧上。

「你別和他講。」依柔低聲拜託：「等我有存款，就能脫離家裡獨立。」

看來，紅寶石主任目前還沒存夠錢。

「總之，妳多保重。」

「不多說了，我要去參加聚會。」依柔一瞬恢復了過去的樣貌。「哥，你也保重身體。」

他們在遠方的某處室內高喊口號，追逐夢想的背影看來很是幸福。

天眞不會是錯誤，而是人類必備的精神糧食。

發大財，發大財吧！

哪怕從來不存在機會，怕是未爭取過、怕是丟失善良。

案由三：縱火弒親

『我很混亂，不明白記憶是眞是假，他們的惡，或許只是我的投射。』

我一直說服自己：稻米是人類重要的糧食作物，身爲農家子弟並不丟臉。家中的稻作一年種植兩期，品種爲「臺農六十一號」，在六零年代可是嶄新的品種、值得驕傲的壯舉。

當年家中共有七人，父親、母親、三位哥哥、我、以及弟弟。我既非長男、也不是么兒，成了田間格格不入的存在。

清晨四點半就得起床，爸媽會指揮我們幫忙，內容不外乎放水、插秧、施肥、除草、收割、晒穀，無止盡循環下去。

我常常望著自家作物發呆，思考臺農六十一號爲何值得驕傲？起初，我會纏著父親詢問大小事情：

『爲什麼天黑就要起床？』

『種田要用幾多水？』

『肥料好臭，裡頭是屎嗎？』

『臺農六十一號很厲害嗎？』

『囝仔人有耳無嘴啦！』某天，臉上挨了記熱辣的巴掌。

從此不敢再多問什麼，我想要親近、卻未曾了解過它，是我對農業的看法。

哥哥們的個性和我不同，他們沒打算主動提問，卻被逼著學會耕作訣竅。五弟則老站在遠處觀察我們，不明白究竟想些什麼？

『五弟怎麼老是憨憨的樣子？』一面聊天，三哥的雙手並未停歇，俐落地插著秧苗。

『卡小聲啦，嘸驚伊聽著？』大哥的閩南話說得最流利。
『沒差，說不定他是智障，哪聽得懂我們說什麼？』二哥童言無忌。
『別這樣說啦，上小學後就會好了。』
當時，我還爲五弟感到不捨，要不是爲了弟弟，我不喜歡挺身而出。
而我在兄長面前也總是抬不起頭。
『是是是，大學士果然聰明。』二哥將矛頭轉向我。
『唉唷，越來越有學問。』三哥附和二哥的意見：『翅膀長硬了？』
這便是我不常接話的原因。
『好了啦，恁是欲摸偌久？』大哥打斷對話，以生硬的國語向我說：『阿學仔，東西收一收，準備回去吃飯。』
『沒差，再做一陣。』我低著頭說：『等阿母叫我再說。』
『無要緊，你先過去吧。』大哥擦拭臉上的汗水。『我們忙完再吃。』
二哥和三哥不再多說，心裡大概並不服氣。
『阿學仔！緊來食飯喔！』遠方傳來母親的喊聲：『上學不要遲到了！』
『去吧，大學士。』二哥略有不甘，接過我的手套。『好好讀冊。』
『對啊，好好讀冊。』大哥叮嚀：『別像我們一樣。』
『嗯。』
走過父親身旁，他從不多說什麼，對母親的安排只是冷眼旁觀。
每天，我總是最早返回室內的孩子，眾人對我的期待並非務農。
『動作快點！』母親催促我：『你想和大家一樣嗎？』

空氣中瀰漫著母親的意念，五弟依然站在遠方，憨傻地看著一切發生。

我推開鐵皮屋的輕薄大門，拎起昨晚收拾整齊的書包，將早餐胡亂塞入。

『阿學仔！水壺忘記拿了！』不顧母親在身後吶喊，我加快腳步離去，直至走出家人的視線才敢回頭，環顧附近的農田，鄰居也正在進行耕作。

農民們雖然狼狽，臉上常掛有笑容。

『種田哪裡不好了？』我在心裡埋怨。

兄長在田中交頭接耳的身影令人在意，他們說些什麼，我或許猜得到。

而五弟沒可能爲我出頭。

二〇〇八年
四月二日　週三

手機鈴聲忽然大響，這才脫離了夢魘。

「喂？」我掩飾才睡醒的事實。

是表妹依柔的聲音：

「阿學哥……。」

「怎麼了？」

「我又得回去念書了，」依柔頹喪地說：「加拿大的長輩向我爸告密，回國的事情被發現了。」

「原來如此。」

其實，這是必然會發生的後續，依柔當時沒想清楚而已。

「要在機場聚一聚嗎？」依柔繼續說：「明天我從桃園中正機場起飛。」

「這麼快？」我以肩頭與臉頰的間隙夾住手機，一面拉開窗簾。「我得加班呢，幾個大案子在進行。」

「我搭一大早的班機，陪我吃頓早餐嘛。」

「好吧，」我勉爲其難地說：「但只能待一下。」

「嗯，第一航廈見。」依柔重獲笑容。「我再傳訊息給你。」

「拜拜。」

掛斷電話後，我將手機扔回床鋪，望向太陽已高掛著的天空，驚覺春天就要離去了。

還只是四月初。

「好熱。」我在心裡埋怨，任何行程都感到吃力。

「還不是開冷氣的時候。」

電費會毫不留情搾乾我的荷包，想到這裡，便有了動力趕往地檢署，公家機關再怎麼乏味，總會有空調。

Ψ

悶熱讓注意力渙散、記憶力消退，上班時間究竟做了什麼？我糊裡糊塗。

只知道時鐘指針終於劃過終點。

「再見，我先下班了。」我向林叔說一聲，鯰魚早就蹺班了。

「明天見。」

又是個平凡又空虛的一天。

離開地檢署後，我以最快的速度回到了租屋處，打開大門那刻，撲面而來的熱氣十分掃興。

「好熱！」我氣憤地拍打茶几表面，試著發洩。

工業進步帶來的侵蝕，清晰體現在氣候之上，我翻找出冷氣搖控器，卻又覺得不是按下的季節。

老貓躺在書櫃頂端，對我的浮躁感到不快，他像是帝王睥睨著我。我只好將窗戶拉開，沒想到一陣熱風吹進套房，不顧抗議恣意襲來。

「好熱！」抱怨只會更加燥熱，我還是忍不住罵出聲：「可惡！」

漫漫長夜，今晚我能入睡嗎？

上天似乎要為我袪除煩惱，一陣電信訊號進入套房，鈴聲響了起來。沒見過的號碼，我壓低音量，深怕打擾住附近的房東。

「喂？」

「阿學，方便說話嗎？」原來是林叔，大概是住家的電話。

「怎麼了？」

「趕快打開電視！」林叔罕見地慌張。

我急忙按下搖控器的電源紅鍵，藍光射入瞳孔的瞬間很難受，幾秒後便不在意了。見到新聞畫面，身上所有毛細孔忽地收縮起來，彷彿整天的溽熱都為此刻而生。眼前出現一起驚世慘案，女記者的粧粉因現場高溫溶解了些，表情十分慌張。

『記者所在位置是桃園，鐵皮屋燃起熊熊大火，消防隊還沒控制住火勢，農舍內多位民眾尚未逃出，我們聽聽當事人怎麼說。』

『我的女兒還在裡面！』穿著淺棕襯衫的男子一臉狼狽，大喊：『讓我進去！走開！讓我進去！』

『先生，你先上救護車。』身旁的警察勸說。

『放我進去！我要找女兒！』火光照亮男子的臉，又或他的皮膚變得灼紅。「嗚嗚嗚嗚嗚……，放我進去……。』

鐵皮屋頂竄出濃烈火舌，說明了悲劇的結局會是如何。

『現場瀰漫濃郁的汽油味，消防隊員盡力撲滅火勢，先將畫面交還給主播。』

畫面右上角的「LIVE」字樣，代表事件正在進行中。

「你能過去一趟嗎？」林叔大喊，將我的魂喚回。

「……，現在？」我驚訝地問。

就算到了現場，我也沒有滅火的能力呀。

「聽說是『上頭』交代下來的，要我們暦股去了解狀況。」林叔解釋：「檢座已經返回地檢署待命，要我趕緊聯繫你。」

「知道了，這就出發。」我拿起茶几上的鑰匙和錢包。

「我直接前往地檢署，免得檢座失控。」

「保持聯繫。」話還沒說完，我已衝出租屋處大門。

今晚明明有值班檢察官，爲何要我們來偵辦這樁火災？

既然現場需要檢方支援，該做的便是趕往現場，而非思考。

「五全路，請開快點。」

「好。」司機見我臉色難看，沒多問什麼。

打開導航軟體，還需二十分鐘才能抵達，著急也無法讓計程車飛上天，我趁機閱讀網友們提供的留言：

『汽油味很重，應該是縱火吧？』

『清明連假，全家人都待在屋內，天啊……。』

『再蓋違建啊，看你們怎麼逃。』

『沒救了，趕快去抓犯人吧。』

雖說網路消息不可盡信，我卻大概掌握了狀況。

疲倦感忽地湧上，脖頸自然而然倚上座椅靠墊，我在奔馳的黃車上小憩一會。

並未入夢，眼前是一片虛無。

大雨述說著一段難受經歷，澆熄提早來到的溽夏。

也澆熄了無情烈火。

走下計程車，映入眼簾的是一片焦黑，東倒西歪的鐵皮屋幾乎成了廢墟，只能用「滿目瘡痍」來形容。儘管現場是開放空間，火場產生的煙霧依然瀰漫在空氣，消防車頂的藍紫色光芒穿透雨水，爲沸騰氣氛染上寒意。

Ψ

毛骨悚然的寒意。

還沒看到屍骸，多人喪命的事實卻顯而易見。

「簡直是地獄。」我心想。

一條黑色土狗被極長鐵鍊拴在屋旁，他不斷朝來往眾人狂吠，恐怕被火災嚇壞了。

新聞中見到的男子還在現場，員警靜靜地撐起雨傘，任他沉浸於哀慟之中，地面溼了，分不清淚或是雨水。

靈魂眞的存在嗎？若能聽見我的心聲，請你們出現一會，一會兒就好。

安慰這名心碎了個透的中年父親。

「不要靠近現場。」胸前別著一線三星的制服警察湊近我。

「我是檢事官，請讓我進去了解狀況。」我取出錢包裡的識別證。

「檢事官？」員警一臉疑惑。

「檢察事務官。」

「喔……，稍等一下。」

年輕員警似懂非懂，走向資深前輩，過了半晌，終於招呼我走進封鎖線。

「你是哪位？什麼單位的？」年長的刑警質問。

我只好再次拿出識別證，對方不屑地望了一眼。

「別把現場弄亂。」刑警勉強同意。

「我知道，謝謝。」

現場的沉重氣氛容不下一絲親切，幸好這裡是窮鄉僻壤，否則圍觀群眾將使場面更難收拾。

火警鑑識人員穿梭在鐵皮廢墟中，尋找有無利於分析的物證。

調查火警原因是件困難的工作，現場燒個精光、四處溼淋淋的，還充滿救援後留下的踩踏痕跡。雖已有了生還者的證詞，說明悲劇大概是人爲蓄意造成，火調科的同仁依然忙於檢查現場，就怕屋內老舊的電路才是肇因。

無論如何，案件樣貌已被勾勒出來，老屋門外的汽油桶便是個顯著證據，更別說現場的汽油味還未散去。

『不該出現在現場的東西，往往便是起火原因。』這是火調科的調查宗旨。

爲了不妨礙專業人員進出，我站在一旁盡力觀察，高層要求曆股前來現場，大概是希望我們接過燙手山芋，做爲「敗戰處理」。

我把握當下，將現場的狀況一一記進腦海。

「借過一下！請借過！」身後傳來渾厚男聲，原來是警方聯繫了當地天然氣業者，請民間企業緊急提供技術支援。

一名身穿灰色工作服的中年男子走來，手上拿了臺燃氣檢測儀，開始在四周進行探勘。

「絕對有問題。」一群警消人員湊過去，男子斷定：「就算是瓦斯漏氣，可燃氣體的含量也不會這麼高，何況已經揮發一段時間。」

眾人看向彼此，答案呼之欲出，卻沒有人知道如何挽回逝去的生命。

「還有別臺檢測儀嗎？」剛才與我搭話的帶隊刑警問。

「車上還有兩臺備用的，不確定有沒有電。」

「沒關係，先拿出來。」刑警補上一句：「快點，時間有限。」

中年男子回到自家雜亂不堪的車內，趕緊翻出備用器材。

「你、你、還有你。」帶隊刑警交代指令：「各拿一臺儀器，以鐵皮屋爲圓心向外搜索。」

「是。」

「檢查裝備。」刑警們取出史密斯九〇手槍，我下意識退開幾步。「小隊長，帶你們的人出發。」

「是。」

希望犯人身上還殘留有油氣，能這麼順利就好了。

「你，那個檢什麼官的……。」帶隊刑警望向我。

什麼？

「嗯？」

「就是你，不要懷疑。」

「我嗎？我是地檢署來的檢察事務官。」我倒退一步。

「跟我來，你不是想要偵查嗎？」帶隊刑警催促我：「走吧。」

諸多人員一齊將視線投來，我只好快步跟上搜索犯人的行列。

「安啦，沒有問題。」刑警拍了我一下，大概是打氣的意思。

「不必穿防彈衣嗎？」我壓低聲量，忐忑不安地問。

「沒事。」刑警平靜地說：「這種瘋子要是手上有槍，才不會用縱火的方式殺人。」

眞是個令人更加恐慌的安慰。

隊伍中的人員們一概保持靜默，我們停止閒聊，一群人走在黑暗的鄉間小路上，戰戰兢兢地環顧四周，就怕遺漏蛛絲馬跡，也怕一不留神栽進田裡。

步行十五分鐘，距離案發現場已將近一公里，眾人都有喪氣的感覺，但誰也沒將疲困說出口。鞋子裡積了不少水，襪子變得既重又黏，再虛耗下去，只怕犯人還沒找到，大家的腳底都得長滿霉菌。

「這份工作就是這樣。」像是讀出我的迷惘，帶隊刑警向我搭話：「多小的機會也得嘗試。」

是啊，總得試試。

方才離世的受害者們，大概也拚了命地想逃出火場吧？

生者、逝者，今晚誰也稱不上幸運。

「有反應了。」領頭的年輕人輕聲說。

螢幕顯示「15.6」，沒人明白這代表什麼，只知道情況起了變化。

我們站在某戶農家的石磚圍牆邊，盡可能不發出聲響，帶隊刑警向年輕人比劃手勢，似乎正交代翻越圍牆的順序。

他們互相點了點頭，此時，刑警轉過頭來比出叉字手勢，我流露出了困惑的表情，刑警輕聲說明：

「噓，你不要動。」

「知道了。」

一開始說出口不就好了？我哪看得懂手勢。

我緊盯帶隊刑警的手指：三、二，一！

兩名年輕員警俐落地翻過圍牆，帶隊刑警則拔出腰際的九零手槍，爲這場行動提供了掩護。

情況十分平靜，除了五十公尺外的農舍亮著燈火，附近只有一大片未經整理的雜草平地，儘管如此，他們還是謹慎地檢查環境。

「安全。」

我這才喘出一口氣。

年輕刑警收起手槍，再一次拿出燃氣檢測儀，逕自向農舍走了過去，他將儀器貼近浴廁後方的熱水器，螢幕裡的數字持續攀升。

「大概是這家人的瓦斯外洩吧？」刑警輕聲宣布：「收隊。」

無論農舍裡住著誰，永遠不會知道住家曾被搜查一番。

正準備踏上歸途時，對講機傳來短促聲響：

「抓到人了，正在返回集合點。」另一位小隊長簡短說明狀況。

「收到。」

一行人依然沉默，卻各自湧上振奮與憤慨，我們加快行走速度，鞋裡積滿的水窪不停作響，儘管白費功夫，卻能清楚感受到自身存在。

而這存在究竟爲何？會不會某天也戛然消逝？

回到燒個精光的鐵皮屋，氣氛已大不相同，基層員警搭起一道極長的封鎖線，並以肉身隔開了採訪記者們，閃光燈此起彼落，無情、不斷地傷害家屬。

警車附近聚集有大量人力，他們圍成一道圓圈，旁觀者無法看清裡頭的情況，帶隊刑警領著我們湊了過去。

「學長好。」警員們一一行禮，原來我們是最遲返回的小隊。

「情況怎麼樣？」

「報告學長，我們在圳口旁聽見微弱的呻吟聲，因此發現嫌犯。」小隊長如此報告：「嫌犯的臉部遭到燒燙傷，大概是耐不住疼痛，待在水源附近不斷沖洗患部。」

「很好，我瞧瞧。」

我的眼神穿越刑警們的肩頭，終於瞥見犯人的身影。

我將他看了個透，眼前是人是魔總得瞧個明白。

領口寬鬆的奶油色T恤、破爛棕色七分褲，說明他的處境並不富裕；犯人長有顯眼的酒糟鼻、上吊眼、一口爛牙，灼傷的皮膚也十分引人注目。直覺告訴我：眼前癱坐的那人充滿了仇恨。

而他的笑容令我不寒而慄。

誰在一夜謀殺多人、落網過後還能夠笑著？那不只是微笑而已，更有驕傲、輕蔑。

非得懷抱深刻仇恨，才會在犯下此等案件後露出笑容。

員警們雖保持沉默，卻爲嫌犯的態度給惹怒了，現場的氣氛再一次沸騰，我靜靜地站在人群後方，猜想這人的腦子裡裝有什麼？

「收拾一下，準備押他離開。」發覺氣氛詭譎，帶隊刑警趕緊要求大家行動。

「不要用你的髒手碰我！」縱火犯居然對身旁的員警咆哮。

「別和他一般見識，回警局再說。」帶隊刑警突然轉向我：「那個，叫作檢什麼官的？」

「檢察事務官。」我已習慣了反覆解釋。

「事務官，你和我搭同一輛車。」他拍了拍警車的車頂。

「可以嗎？那眞是幫了大忙。」

在這窮鄉僻壤，恐怕沒有司機肯載個溼漉漉的客人。

「我們先把犯人押回警局，再送你去地檢署。」

今晚遇見面惡心善的刑警、以及面惡心也惡的縱火犯，外表實在難以評斷一個人。

鑑識人員依然駐足於鐵皮廢墟，反覆檢查殘留的漆黑灰燼，黑狗不停吠叫，凸顯深夜時分的寧靜。

「唉呀，當時我以爲你是記者假冒的呢。」脫離刑案現場，帶隊刑警很快地卸下心防。「每次遇到重大刑案，媒體總會想盡辦法鑽進封鎖線。」

「沒關係，你們也很爲難。」我的心情總算放鬆一些。

「多虧那蠢犯人燒傷自己。」

「能夠即時落網眞是太好了。」

要是犯人逃入山林，恐怕一星期也無法破案。

「老弟，知道爲什麼要讓你參與出勤嗎？」

「該不會是要我吃點苦頭吧？」我苦笑。

「也有這種意味，誰叫你看起來難以親近的樣子。」他豪爽地笑著。

原來，在別人眼裡我竟是難以親近，還以爲自己做足禮數了。

「開玩笑的，別在意。」帶隊刑警說下去：「地檢署很少人能來到第一現場，我覺得這是個大好機會。」

「大好機會？」

「這場官司一定會打很久，對吧？」

我深感同意，猛力點了點頭。

「你有發覺什麼線索嗎？」帶隊刑警問：「尤其是大家沒有注意到的細節。」

「嗯……，」猶豫一會，我決定說出實話：「恐怕沒有。」

「我也是。」

對於他乾脆地承認，我不由得感到驚訝。

「警方完成筆錄後，會將案件移送至地檢署。」帶隊刑警嘆了口氣。

「檢方得和重大刑案糾纏數個月、甚至好幾年。」他感慨地說：「我老是想，要是你們也能看到第一現場就好了。」

「或許當下沒發覺什麼，後續卻能產生幫助。」

眼前這名中年男子談起年少時的想像。

「誰知道呢？」

只知道今晚的經歷我一生也不會忘記，我們二人相視苦笑。

「希望能幫上受害者家屬。」刑警低下頭說：「太悽慘了。」

「眞是太慘了。」現場的慘況歷歷在目。

還以爲即將抵達目的地，沒想到短短的五百公尺卻開了十幾分鐘，警局附近已經擠滿民眾，使我們動彈不得。幾臺警車輪番響起短笛聲，群眾們不太搭理，只以緩慢的步伐讓出一點空間。

我瞥見幾位男性拿著雞蛋、冥紙，現場氣氛一觸即發。

「要是讓他們見到犯人的嘴臉，事情就難以收拾了。」我暗忖。

好奇的民眾們緊盯著警車內部，像是在尋找犯人，甚至有人將手掌貼上玻璃，我感覺自己是受迫的珍禽異獸。

「一定就在車子裡，不知道哪一臺？」

「別讓他逃掉！」

「人渣長什麼樣子？」

圍觀群眾的話語洩入，氣氛凝結，車裡的我們也感到緊張。

「請問，現在該怎麼做？」前方的基層員警提出疑問。

「不干我們的事，什麼也別做。」身旁的帶隊刑警一派輕鬆。「錢領比較多的人處理。」

透過人群縫隙看往警局大門，一名穿著筆挺西裝、胸口別滿勳章的微禿男子走向人群。這派頭肯定是名大官，他接過旁人遞上的大聲公。

「大家好，我是桃園市警察局長，敝姓陳，名叫陳正義。」

誰也沒理會這候選人般的發言。

「我是桃園市警察局長。」局長又說一次：「請大家務必冷靜下來。」

照本宣科的做法沒發生作用，否則早就天下太平了，這是談判失敗的最佳範例。

「兇手喪盡天良，你要我們冷靜？」

「自己的親生父母都敢下手！畜牲！」

「比畜牲還不如！」

不說還好，局長這下助長了眾人的氣憤。

「我和大家一樣感到憤怒，好不好？」局長試圖挽救場面。

「好啊，那你把兇手放出來讓我們修理！」人群中出現一名代表，我們沒能見到他的身影。
「這樣做不符規定，我們不能做違法的事情。」局長勸說。
「兇手就可以做違法的事情嗎？」群眾代表持續咆哮。
「拜託，」身旁坐著的帶隊刑警搖了搖頭。「老百姓才不想聽這些呢。」
「我和大家一樣生氣，好嗎？」局長的臺詞一再重複。
「幹！毋好啦！」
另一名憤怒的民眾跳了出來，將手上握著許久的雞蛋扔向警局，雖沒擊中警察，群眾們開始出聲附和，空中出現一把把冥紙，飄呀飄的。
「差不多要落幕了。」帶隊刑警低聲向我解釋。
警局門口的員警們開始嘶叫：
「喂！誰丟的？」
「這樣是妨害公務！」警方朝鬧事者的方向恐嚇：「我能以『公共危險罪』逮捕你們！」
怕被牽連上麻煩，幾名位於尾端的民眾逃離現場，開啓了連鎖效應。
「現在要怎麼辦？」群眾代表停止衝撞，持續向警方對話。
「你們的意見，我一定會傳達給犯人，請放心。」局長如此承諾。
「好！那你把這些拿給犯人。」一大疊冥紙隨眾人傳遞來到警方手上。
「請大家趕快解散，回家的路上注意安全！」局長揮舞手上接過的冥紙，模樣看來相當詭異。
「我也感到非常生氣！」
群眾們緩緩走向一旁的公車站，解散的速度稱不上快，但足以讓警車駛向大門。費盡千辛萬苦，終於將犯人押到警局。

「老弟，和你聊天很愉快。」帶隊刑警親暱地拍打我的大腿。「我這就去訊問他，趕緊將犯人移送過去地檢署。」

「謝謝，辛苦了。」

「前座兩名員警會載你回去地檢署，我就不送了。」

話才說完，他便俐落溜出警車，幹練背影看來充滿精神。我望向駕駛前方的電子時刻，午夜即將降臨。

多麼漫長的一天呀。

卻也沒什麼好抱怨的，多少人已沒了明天。

「媽的，那個兇手真是人渣，浪費時間。」長官離開後，前方二人總算能暢所欲言。

「要是讓我訊問，還不狠狠修理他一頓。」另一名員警也氣得牙癢癢的。

四月四日　週四

雖然繞了不少遠路，我終於回到桃園地檢署。

午夜才剛降臨，大廳裡沒有半個人影，員工們大都返鄉團圓，和今晚遭火災吞噬的那家人一樣。

獨自走上樓梯，空間迴盪有疲憊的腳步聲，不知爲何感到緊張，懷疑現場是否有我之外的存在。

「南無阿彌陀佛、南無阿彌陀佛……。」我在心中默唸佛號：「請不要找我，事情不是我幹的。」

至少別在今夜來訪，我需要一些時間才能恢復元氣。

爬上地檢署三樓，長廊中只餘一間辦公室還有亮光，我筆直朝那走去：再熟悉不過的三十七號偵查庭。

扶上把手，爲夜晚艱辛的經歷劃下句點，

或爲這起狂亂慘案開啓大門。

「林叔呢？」只見檢察官一人，我忍不住問。

「我叫他不必來了。」鯰魚睡眼惺忪地看著我，袖子上的口水痕跡是他忙裡偷閒的印記。

「可是，沒有書記官該如何進行訊問？警方隨時會將縱火犯移送來地檢署。」

「今晚不會進行訊問。」不知鯰魚哪來的自信。

多說無益，結果會說明一切。

回到學習司法官席，我將隨身物品扔上桌面，並將皮鞋脫掉，溼透的襪子傳出一股難聞惡臭，即使面對邋遢的鯰魚，我還是感到抱歉。

過了一會，沉默使我們沒能抵抗睡魔，搞不清楚誰先趴了下去，鯰魚的打呼聲迴盪在空氣之中，入睡了依然感到吵嚷。

儘管都想爲逝者發聲，此刻卻無力交流意見，睡吧。

Ψ

不知道過了多久，身前才傳來男聲。

「喂，醒一醒！」

「嗯？」僵硬的睡姿沒減輕多少疲憊。「林叔嗎？」

「林叔是誰？」

不大對勁，我趕緊抬起頭，原來是主任檢察官「巴哥」前來，臉色相當難看。

「叫檢察官起來。」巴哥簡潔地命令。

「是。」

力氣湧現出來，我三步併作兩步，使盡全力搖晃鯰魚。

「天亮了嗎？」鯰魚睜開他那充滿皺褶的眼皮。

「還沒，您先起來。」

「天亮再叫我。」他又趴回桌面。

「主任檢察官來了。」

終於，鯰魚甘願將臉抬離桌面。

「喔。」

「嗯。」

兩人互不相讓緊盯著對方。

「什麼風把大官吹來了？」鯰魚語帶刻薄地說：「小辦公室沒什麼好招待。」

「你把偵查庭弄得太亂了。」巴哥嫌棄我們的環境。

平時總希望鯰魚能夠收拾整潔，但也不希望外人插手干預。

「別閒扯了。」鯰魚率先停下口舌之爭。「大半夜被叫來加班，要我們做什麼？」

儘管用意十分明顯，總得親口問個清楚。

「發生了縱火事件，你知道吧？」巴哥問。

「知道，」鯰魚指向我。「檢事官剛從現場回來。」

「原來你『碰巧』知道，那太好了。」巴哥自顧自地說下去：「剛好今晚由你值班，案子就交給你了。」

「是你叫我們過來的。」總是泰然的鯰魚，也感到有些驚訝。

「那又怎樣？」巴哥一臉不耐煩。「我請你來支援夜間值班，再將今晚發生的案件合理分派，程序上有問題嗎？」

我和鯰魚啞口無言。

「沒有問題。」過了一會，鯰魚總算出聲。

「那就好，你們留著待命吧，案件隨時會過來。」

「警察的手腳才沒那麼快。」鯰魚喃喃自語。

「洪仔。」巴哥忽地回頭。

「幹嘛？」

巴哥頓了一下，在內心斟酌字句。

「雖然我們從年輕時就不合……，」巴哥支支吾吾地說：「算了，你自己保重。」

鯰魚沒說什麼，只是望向巴哥離去的背影。

被當作「替死鬼」的角色，鯰魚本人應該是最清楚不過。

「殺人當然不被允許，」鯰魚還未停下呢喃：「但這案子恐怕還有隱情。」

我望向時鐘，想起一件險些遺漏的私事。

「檢座，我得先離開一下。」

「你要去哪裡？」

「去機場一趟，兩小時後回來。」我得和表妹依柔吃頓早餐。

若鯰魚的猜測爲真，縱火犯會在傍晚來到桃園地檢署，短暫離開不會造成影響才對。

「找女生嗎？」

「不是你想的那樣，再見。」

「加油喔。」鯰魚露出了卑鄙的笑容。

「你才該加油呢。」我心想。

離開三十七號偵查庭後鬆了口氣，卻在二樓發覺令人在意的事情。

「劉檢的辦公室不是還亮著？」我忍不住懷疑：「爲什麼不由他來承接這起縱火案？」

大概是逝者的意念選擇了鯰魚吧？明明劉檢才是那大有可爲的明星檢察官。

Ψ

匆忙爬下計程車，我快步奔走在機場第一航廈，要是讓依柔的行程出了差錯，愛女甚深的二舅肯定會臭罵我一頓。

在約定好的Ｂ１座位區見到表妹，我望向手錶，讓她多等了半個小時。

「抱歉，我遲到了。」我連忙賠罪：「沒耽誤妳的行程吧？」

表妹也看了下手錶。

「沒關係，還有半小時。」她親切地笑。

「那就好。」

我坐上廉價皮質椅，順便將領口的扣子鬆開。

「工作忙嗎？整晚都在加班？」表妹擔心地看著我。

「對啊，好不容易才脫身。」眼睛就快要閉上。

「是網路上在討論的縱火案嗎？」

「妳居然也知道。」

「當然，不是只有你會上網。」

我們倆相視而笑。

「別談我的工作，加拿大那邊安頓好了嗎？」我趕緊關心。

「沒什麼大不了的，繼續回學校上課囉。」表妹說得一派輕鬆。

「那就好，恭喜妳一切順利。」

「都怪我爸，希望我也當個公務員，其實我不太感興趣。」沒有預兆，依柔突然對我大吐苦水：

「儒家文化眞是奇怪，居然說『天下無不是的父母』，簡直鬼扯。」
「好煩喔，我的朋友都在臺灣耶。」
「不過他們年紀大了，孝順一點也好。」
無需任何回應，她已打開了話匣子，我趁機發呆放鬆。
「家裡爲了讓我出國花不少錢。」表妹盯著我瞧。「你有在聽嗎？」
「有。」只是眼皮重了點。
「時間差不多，我該走了。」表妹俐落地站起身。「謝謝你來送機。」
「不客氣，保重身體。」
沒有擁抱、沒有握手、沒有身體上的接觸，親暱不是華人文化的特色。
二十九歲的女生，傳統觀念看來已不算年輕，面對歐美的光鮮亮麗，表妹會再次沉淪嗎？或終於懂得面對自我、奮發向上呢？
我不敢確定。
表妹沒爲扭曲的家庭氣氛壓垮已是萬幸，無論她外放、不羈、或是浮躁，我總會在心中爲她聲援。
任何人都該有探索的機會，不應被誰剝奪。

Ψ

昨夜的陰鬱已然褪去，日間的地檢署則有陽剛肅殺之氣，桃檢上下都明白我們將辦理縱火案件，沒人多說什麼，卻投來平時未曾有過的關注。

新到任的檢察官盯著我瞧、不熟識的檢事官盯著我瞧、連工友大哥也盯著我不放，不會是臉上沾了東西吧？

「一定要將犯人定罪！」他們像是這麼說著：「別讓他逃了。」

我連忙溜進三十七號偵查庭，趕緊將大門掩上。

林叔早我一步來到辦公室，才見到我，露出尷尬的表情。

「不好意思，昨晚我沒有過來。」他充滿了愧疚。

「別這麼說，您有小孩得顧。」我趕緊安撫林叔，反正縱火犯還沒抵達。

「事情有什麼進展嗎？」鯰魚坐在檢察官席上問。

「犯人還在警局，沒打聽到消息。」我回答。

「不是問這個。」

「嗯？」

「女生呀，」鯰魚比出小姆指。「你和女生有什麼進展嗎？」

「我去見表妹啦！」忍不住翻了白眼。

鯰魚失望地搖搖頭，似乎埋怨我的不爭氣。

「你們睡一下吧，」林叔溫柔地說：「我來看門，有事會叫醒你們。」

「太好了，那我繼續睡囉。」鯰魚興奮地趴上莊嚴木桌。

Ψ

偵查庭的厚重大門終於被推開，橘金色夕陽光彩灑落，一名未曾見過的法警走進庭內，粗魯拽拉著後方的犯人。

「聽話點！」法警的情緒為之動搖。

我們沒說什麼，只是靜靜看著一切發生。

昨晚才見過的縱火犯不情願走了進來，不過一夜時間，犯人的臉頰竟已消瘦一些，鬢角處長滿剛冒出的白髮、酒糟鼻依然顯眼。

他曾露出不可一世的笑容，印象中是個不懂收斂的狂人，卻瞬間化為老朽，眼前是名隨處可見、穿著白色薄衫的老男人。

終於站上了應訊臺。

鯰魚閱讀才拿到的筆錄，開始訊問。

「被告有帶身分證嗎？」鯰魚向法警詢問。

遞來一張被燻黑的證件。

「潘仁學先生，確認身分證字號。」林叔問。

現場陷入一陣沉默。

「說出身分證字號。」林叔又講一次。

「不會自己看嗎？」縱火犯咆哮。

態度實在惡劣，眞想直接判定「無教化可能」，死不足惜。

待人和善的林叔也氣得顫抖。

「隨便他，別跟對方計較。」鯰魚沒有追究的意思。

「是。」

「潘老弟，聽說你在警局不太配合。」鯰魚開啓對話。

「你是哪位？」縱火犯質問鯰魚。

「我是檢察官。」鯰魚故作自然地說：「我是來幫你的。」

「放屁！」

可真是囂張。

庭外排山倒海而來的輿論壓力，他是否感受得到？腳邊緊黏的黑影像是民怨，沒可能放過他。

「四月三日晚間，你趁家族聚餐時進行縱火。」不顧對方惡言相向，鯰魚讀起筆錄：「只剩一位兄長尚存，你有什麼感想？」

「算他好運。」縱火犯惡狠狠地說。

聽到這話，我的手心裡冒出冷汗，這人與家庭的仇恨該有多深？

「你的外套沾滿汽油，幾乎確定犯人就是你。」鯰魚繼續說下去：「警方在火場門口發現數個汽油桶，上頭的指紋已送鑑定，一週後就會收到結果，明白嗎？」

「廢話。」

「警察在你的口袋搜出三萬元新臺幣，根據二哥的證詞，說明是母親生前給你的零用錢，我有講錯嗎？」

縱火犯並未回答鯰魚的提問。

「不回答，就當你默認囉？」鯰魚語帶威脅。

「緘默是我應有的權利。」沒想到，眼前這名狂人還有些法學常識。

當事人已不在世上，我們無法向老母親進行查證，只是縱火犯拿了母親給的零用錢一事，大概不會有錯。

此事若為眞實，這名潘姓男子未免也太可惡。

「老母親如此照顧你，你居然放火燒了全家。」鯰魚咬牙切齒地說。

縱火犯依然行使他的緘默權。

「再不回答，我就直接聲請『羈押』。」

羈押是由檢察官提出聲請，若認爲被告嫌疑重大，且有湮滅證據、串供、逃亡之虞時，法院得裁定將被告收容至特定處所。

就算要失去自由，被告依然不爲所動。

鯰魚只好依照程序辦理。

「法警，帶他離開吧。」

「是。」

法警架起被告的胳臂，縱火犯卻不肯乖乖就範，兩人就這麼拉扯起來，被告瘦弱的身軀竟有如此大的力氣，一時間法警拿他沒轍。

看著眼前這齣鬧劇，不禁爲逝者感到不值。

鯰魚閉起雙眼，吁出一口深氣。

「潘老弟，有沒有放不下的事情？」

縱火犯看來疑惑，依然兇狠地望向鯰魚。

「放心吧，這不是正式的偵查。」鯰魚說：「書記官，不必記錄。」

「是。」

「我再問你一次，有沒有放不下的事情？」

縱火犯輕輕地點了點頭。

終於奏效。

「狗。」縱火犯毫不猶豫鬆口：「我養的狗怎麼樣了？」

「狗？我不知道。」鯰魚搖搖頭。「誰在照顧你的狗？」

「沒有人，警察們都不聽我說話。」

我看向犯人旁的法警，他的憤怒將要突破腦門，對於眼前只顧關心愛犬的怪物，法警的眼神像要將他撕碎。

縱火犯挺起脊背，望向檢察官席的眼神柔和一些。

「我再去看守所向你說明狗的狀況。」鯰魚如此承諾。

「謝謝。」被告首次流露出善意。

「到時候，你要和我說明案情。」

不再掙扎，被告終於隨法警的指示離開了偵查庭。

「太離譜了，居然只知道關心狗。」我在心中暗罵對方。

「你也可以換個角度思考：這人還懂得關心狗。」鯰魚像是聽見我的思緒，如此說道。

我驚訝地看向右方，鯰魚一副無所謂的樣子。

「終於可以下班囉。」鯰魚伸著懶腰，一面吶喊。

沒錯，無論案件多麼殘酷，也不能抹滅生而為人必須休息的事實。

Ψ

火舌吞噬的廢墟現場歷歷在目，下班後我趕緊回到租屋處，將平時少用的電器插頭拔出。

「要是遇上火災，該不該開門逃生呢？」儘管疲倦，心中還是萌生疑問。

「從這裡跳下去，會不會骨折呢？」

「老貓獨自一人在家安全嗎？」

目睹火場使我患得患失，那和報刊新聞中的畫面截然不同，與解剖相比，是另一種怵目驚心。

我會提心吊膽地生活一陣子，像老貓一樣，什麼都不必擔心的生活可謂難求。

勘驗現場時，我們得提防媒體記者過於接近，但在鑑識報告尚未出爐、犯人也不願乖乖配合的這時，必須倚賴非官方的力量了。

網路無遠弗屆，我待在狹小套房之中，竟能徜徉於世界各處。

『男子潘仁學趁連假期間家人聚餐時，在桃園家中潑汽油放火，燒死年長父母與家人，釀成九死一傷的悲劇，潘家二子為搶救父母、妻女的寶貴生命，一度重回火場，造成面部及軀幹三度燒燙傷，至今住院療養中，截稿前未取得其回應。』

那天坐在路旁的倖存生者，情況不知是否樂觀呢？若他能夠選擇，會想要活下來、還是乾脆隨家人而去？

『兇手於移送過程露出傲慢表情，引發了民眾包圍警局事件。桃園市警察局局長陳正義表示：請民眾毋須擔心，警察必會謹慎處理此案。』

『無情大火吞噬了九人性命，鄰居表示，鐵皮屋為屋主重新搭造，應不符合消防法規。根據現場殘骸判斷，兇手朝家中唯一出入口潑灑汽油後縱火，由於窗外加上防盜鐵欄，釀成幾近滅門的慘案。』

到此為止吧。

我提醒自己放下手機，否則又將難以入眠。

四月八日　週一

才進到辦公室，林叔便悄悄地靠了過來，表情充滿複雜的情緒，大概不會有什麼好消息。

「林叔早。」我說。

「……，早。」林叔欲言又止。

「您直說吧，反正最近沒什麼好事，習慣了。」

「好吧，」爲了讓我保持冷靜，林叔輕描淡寫地說：「潘仁學的律師向法院聲請『停止羈押』。」

什麼？

這可是件大事。

「停止羈押？」我當然驚訝。

「對方的律師求見檢座，已經在休息室了。」林叔解釋：「就等檢座到，我再請他進來偵查庭。」

「他來這裡做什麼？」我不滿地嘟囔：「決定是否停止羈押的並非檢方，他該求見法官吧？」

嘴上雖抱怨，心裡卻大概有了答案，律師的工作便是如此，表面上總得爲被告爭取些什麼，無論他是否眞心相信被告。

就本案的情況來看，被告是以「現行犯」的身分逮捕到案，所犯情節又相當嚴重，幾乎沒有律師會爲他爭取無罪。

然而，不代表律師在此案沒有發揮空間。爲兇手爭取無期徒刑、要求多一點人身自由，對被告都是極大的恩惠。

「活下去」是動物們與生俱來的天性，慘案中的逝者們如是，兇手大概也是，可被告沒給死者們選擇的機會。

鯰魚來到偵查庭，頻繁扭動頸部，看來是落枕了。

「還是好累啊！」鯰魚喃喃自語。

「有事情向您報告。」林叔不打算浪費時間。

「一早能別談工作嗎？」鯰魚的脖子似乎很不舒服。「大事再說。」

「上週訊問的縱火犯聘了律師，今早向法院申請停止羈押。」林叔解釋：「對方的律師正在旁邊休息室等著，讓他進來嗎？」

「神經病！」鯰魚低聲抱怨：「等我吃完早餐再讓他進來。」

「是。」

他匆忙咀嚼買來的雙份蛋餅，一早吞下多顆蛋黃眞的好嗎？

鯰魚脫口而出「神經病」三字，究竟是指兇手或律師？我想都有可能。

Ψ

眼前這名瘦弱的年輕律師，穿著稍嫌寬大的廉價深灰色西裝。

「檢察官好，您辛苦了。」律師似笑非笑地問候。

「你也是啊。」鯰魚說著口是心非的客套話。

「敝姓吳，昨晚承接潘仁學先生的刑事案件。」吳律師拿出GUCCI名片夾，遞來三張名片。

「我已經向法院提出停止羈押，您有聽說嗎？」

「聽說了。」鯰魚難得少話。

「被告患有精神疾病，亟需專業醫療的鑑定與治療。」吳律師以白話口吻解釋：「我想當面說明，免得您誤會我刁難檢方。」

「你眞心認爲被告患有精神疾病嗎？」鯰魚冷冷地問。

「爲何不呢？」吳律師推了下他那文藝鏡框。「社會不該隔離犯人，應該去理解犯罪的成因。」

「原來如此。」鯰魚隨口應聲。

「這便是我前來的原因，」吳律師恭敬地說：「要是檢座能和我達成共識就好了。」

「我得研究一下，之後再說。」鯰魚拿起剛才接過的名片，上頭寫有『港仁律師事務所』七字。「沒寫公司電話，該怎麼聯繫你？」

「這是間新創公司，沒有固定的辦公空間，我們專注於關懷各地的弱勢。」吳律師驕傲地解釋：「請撥打我的手機，名片上有寫。」

「好吧。」鯰魚並未給予贊賞。「話說回來，停止羈押對被告眞是件好事嗎？」

「那當然，被告需要專業的心理治療。」

「你想讓他被社會輿論傷害嗎？」

「主流民意有時候反而是錯的……。」

「這我同意。」鯰魚打斷律師的發言。「我只是要說：讓被告待在看守所裡，或許才算是保護他。」

兩人這番辯論，使我想起了民眾包圍警局的經歷。

誰才是正確的呢？

又或者不會有人完全正確。

「打擾了。」吳律師終止這場對談。

「祝你一切順利。」鯰魚客套地說。

先禮後兵，二人明白對方沒可能屈服，吳律師將 GUCCI 名片夾收入公事包，打算起身離開，又好像想起什麼。

「檢座，我能提出一個想法嗎？」他平靜地問了出口。

「請說。」鯰魚只能姑且聽之。

「何必在初審就爭個你死我活呢？這案子肯定會進到最高法院。」

鯰魚笑而不語。

「打擾了。」

「不送。」

偵查庭的厚重大門被對方輕巧闔上。

吳律師拋下的結語，在我看來充滿了挑釁，他像是在說：

『你們不過是基層員工，我才是參與二審、更審的那人。』

『爭什麼呢？反正人死也沒辦法復生了。』

我悄悄瞥向右方，深怕這毛頭小子惹怒了鯰魚，沒想到他只是挾起一塊蛋餅，輕快地送入口中。

不知葫蘆裡賣什麼藥。

「廉價西裝、GUCCI 名片夾、流浪律師⋯⋯。」鯰魚一面剔牙、一面喃喃自語：「言多果然必失。」

「什麼？」我忍不住出聲。

「廉價西裝、GUCCI名片夾、關懷弱勢的流浪律師……。」不顧我的提問，鯰魚反覆呢喃。我和林叔任憑他自言自語。

「懂了！」鯰魚大喊一聲：「對方是紈褲子弟，又想裝作獨立自主，看到喜歡的奢侈品還是忍不住出手了。」

鯰魚沉浸在自己的推理之中，卻連眼前兩人的尷尬表情都讀不出來。

「關懷弱勢只是手段，讓自己看來標新立異才是目的。」

他妄下定論。

「要去探一探嗎？我可以假裝是他的朋友。」我說，反正不是第一次這麼做了。

「不必，已經明白對手的底細。」鯰魚拒絕我的提案。

那只是臆測罷了，難不成，我們就認命待在偵查庭裡坐以待斃？

鯰魚不再理會旁人，粗枝大葉的他居然翻閱起六法全書，這是過去從未發生的事情。

既然如此，我也有想要嘗試的方法。

鯰魚沉浸於書堆之中，我躡手躡腳站起身來，順利地逃出三十七號偵查庭。

Ψ

這時代沒有誰具備眞正的隱私，大家都曾在網路上暴露自己的資訊。

上午十點半的公車站只我一人，頂棚盡責地遮去細雨，來往公車皆會放緩車速，發覺我並無搭乘的意願才揚長而去。

這狹窄的遮蔽空間彷彿城市的縮影：眾人爲了生計聚集在一起，卻沒有人眞心眷戀此處。坐在這才熱絡隨即冷清的一角，我埋入智慧型手機的螢幕之中。

我不是駭客，但說到探清他人底細，檢事官們各自懷有訣竅。不能再透露更多，說出來只會讓我惹上麻煩、或使大家提高警覺。

鯰魚對於吳律師已有既定見解，我卻不敢妄下判斷，只好獨自進行調查。

瀏覽吳律師的網路頁面時，發覺他是個貨眞價實的人權派律師，他的粉絲專頁沒有太多人關注，充斥著對於社會體制的批判、以及挽救被告的成功案例，當然也引來一些權貴人士的謾罵留言。

對這些充滿情緒的文字，他像是毫不在意，輕鬆地逐條回覆，擅於表達自我意見。

選定幾位吳律師的友人，我準備聯繫他們。

「喂？」

「這裡是桃園地檢署，敝姓曾。」對方接起電話，我趕緊說出自我介紹。

「……，你好。」

「我正在調查上週發生的縱火案件，有問題想要請教。」

「和我有什麼關係？」

「電話中很難說明清楚，能打擾一小段時間嗎？」

縱然百般不願意，終有幾人落入圈套。

約到了吳律師的大學同學與國中導師，我站起身，走向路邊朝公車揮了揮手。

「我沒有說謊，」我在心中催眠自己：「了解律師的底細，確實和案件有所關聯。」

坐在連鎖咖啡廳中，喝著品質不佳卻又昂貴的美式咖啡，腸胃有些翻騰。

由於接近午餐時段，店內混雜有休憩及用餐的人們，這裡和悠閒扯不上關係，若不是偵查，我不會花錢來受罪。

「是曾先生嗎？」走來一位面露苦色的商務人士，肯定是吳律師的大學時期友人。

「打擾了，」我站起身迎接。「要不要喝點什麼？」

「不了，沒關係。」

「別客氣，公費可以銷帳。」

然而，這等程度的施予還無法使他卸下心防。

「有什麼事嗎？」男子一臉擔憂。

先虛晃一招。

「四月三日傍晚五點鐘，請問您在哪裡？」我問。

「四月三號？」對方看來有些苦惱。「我想想……。」

「連假前一天晚上。」我提示對方。

「應該在附近的百貨公司用餐。」男子好不容易才擠出答案。

「您有聽說當晚發生的縱火案件吧？」

「有，但不是發生在郊區嗎？」

「聽說縱火犯在那之前曾來到市區，正好去到你所在的百貨公司。」我胡亂編造理由。

「原來如此。」男子喉結一抖。

「當時有見到可疑人士的印象嗎？」

「嗯……，」男子認真思考一會，說出理所當然的答案：「沒有，那時我正向客戶講解保單。」

「好吧，想到什麼再聯繫我。」我遞上名片，一面裝出失望的表情。

「沒問題，希望能幫上忙。」順便激起對方的正義感。「犯人眞的太可惡了！」

「是啊。」我隨口應聲。

對方稍微鬆開領帶，啜了口不再燙舌的溫熱咖啡。

這是鬆懈的信號。

「你有沒有認識的律師朋友？我需要法律上的建議。」看準時機，我拋出深藏已久的誘餌。

「剛好認識一位！」對方熱情地說：「他是我的大學社團朋友，人非常不錯。」

賓果！網路上的照片說明他們曾是親近的朋友關係，只是一人成爲律師、一人則踏進金融產業。

「吳律師是個什麼樣的人？」

男子不假思索便說出口：

「積極、有活力、服務態度很好。」

「那還眞是個優秀的律師。」我說。

「別客氣！」此時，對方也遞上了自己的名片。「敝姓謝，很高興認識你。」

「吳律師有沒有什麼怪癖呢？」我繼續追問：「你也知道，這時代最怕遇到憤世嫉俗的人了。」

「不必擔心，我和吳律師是好朋友，從沒聽過他抱怨。」

「喔？」我感到訝異。「有這麼好的朋友眞是幸運。」

「沒錯，他不只外貌清爽，家世也優秀清白。」

不知爲何，我想起了 GUCCI 名片夾。

看準我陷入思考，謝姓業務拋出問題：

「你有聽過投資型保單嗎？外幣現在很流行喔。」他表現出先前未見的熱情。

沒發覺我所暴露的種種破綻，眼前這業務員興奮地暢談事業。

Ψ

離開咖啡廳後，我將業務員的名片扔進了校園裡的垃圾桶，反正大概是不會再聯絡了。

我來到附近的國民中學，並沒見到太多學生，可能是正逢午休的關係。站在教師辦公室前，挺起胸膛敲了敲門。

「請進。」裡頭傳來輕柔的應聲。

推開老舊的塑膠製大門，發覺裡頭的擺設相當簡陋，遭打擾的老師們投來不友善的眼神，看來，管教學生已將他們的耐性消磨殆盡。

一名戴著尖角白框眼鏡的女老師揮手向我招呼，身上穿著的套裝滿是鮮豔色彩。

「硬是裝作年輕，反而顯老。」我心想。

隨她來到一旁的狹小會客空間。

「我是桃園地檢署員工，敝姓曾。」

「我是佳玲老師，你好。」不愧是教職人員，一口字正腔圓的國語。

我將智慧型手機擺上桌面，翻出照片。

「您曾擔任吳先生的導師，請問還有印象嗎？」

女老師拿下老花眼鏡，湊了過來。

「那當然，吳同學十分優秀。」好不容易看清圖片，她這麼回答。

「我來調查吳律師的家世背景，地檢署打算表揚他。」這次用上嶄新的藉口：「相信您能夠提供寶貴意見。」

「這就問對人了，做爲導師我敢打包票：吳同學是個好學生。」女老師補上一句：「我早就知道他會是優秀的律師。」

「怎麼說？」

「吳同學的成績一直很好，父母也都關注他的課業狀況。」女老師侃侃而談：「孩子需要的不只有學校教育，家庭教育也同等重要，唯有並行才能培育出優秀人才。」

是啊，伶牙俐齒的人才。

「吳律師的父母是什麼樣的人？」

「他的父親是個有名律師……，」老師探索腦中不清晰的記憶。「母親則有高雅氣質，舉手投足間流露高雅的氛圍。」

看來是位無比高雅的貴婦，女老師不斷強調重複的詞彙。

女老師持續爲自己的學生說好話：

「他專注於課業，絕不和壞學生攪和。」

「吳律師如何看待父母？」我問。

「肯定是喜歡了，誰會排斥優秀的父母親呢？」女老師話沒說完，午休結束的鐘聲在此時響起。「我該去教課了，還有什麼要詢問嗎？」

「您提供的資訊很有幫助，謝謝老師。」繼續追問，恐怕會引來懷疑。

「請叫我佳玲老師。」她親切地堅持。

「感謝佳玲老師。」不知爲何，心中湧出一絲尷尬。

老師們陸續活動起來，我隨大家的腳步走出教師辦公室，走廊上出現剛睡醒的中學生們，幾名男生不顧他人莽撞地奔跑著。

「你不要逃！」

「白痴，你跑好慢！」

「把東西還給我！」

「自己來搶呀，哈哈，哈哈哈！」

這群學生之中，誰會在未來成爲優秀的大人、誰又只是平庸的甘草角色，佳玲老師究竟如何分辨出來？在我眼裡，他們全是一群不顧他人想法的調皮學生，和當年的我沒有兩樣。

那時，我可不清楚自己會成爲什麼樣的大人。

坐在校園一隅觀賞國中生們青澀的身影，想起自己也曾如此魯莽，心中有些羞愧。

話說回來，吳律師爲什麼關心學生時代不曾在意的人權問題呢？

他從「服從規則」變成「批判社會」，「優秀」依然是他獲得的世間評價，你我總得承認，某些人就是天生享有優勢，做什麼事都出色。

「我擁有這類優勢嗎？」回顧自己進入法界的過程。「我的家庭也算是既得利益者嗎？」

答案是否定的。

父親雖也是名執業律師，從小期許我繼承衣缽，但父子間的關係稱不上親近，爲了遠離家庭才來到北部任職。

得以進入法界，倚靠的可是自己的努力，若任何人將功勞歸於家長，我恐怕會百般不服氣吧？

腦中掠過一道閃光。

「吳律師大概也這麼想。」我猜測。

換句話說，批判既有的社會體制，可能是他對權貴父親的反抗舉動。

得出答案，我起身離開這所國民中學，再待下去就要引來警衛的關切了。

Ψ

儘管未到下班時間，鯰魚早已離開了三十七號偵查庭，六法全書被他胡亂擱置於桌上。

「檢座呢？」我問。

「不知道，他似乎從六法全書查出了什麼。」林叔解釋。

「真罕見呢。」

鯰魚是我見過最「目無法紀」的檢察官了，沒想到也有翻閱六法全書的一天。

「檢座要我通知你：『明早九點看守所見。』」林叔補上一句。

「看守所？」

藏不住我心中的驚訝，看來，鯰魚打算換個地方進行訊問。

「小心點。」林叔擔憂地說。

「我會。」

「真的要當心點，」林叔又說一次：「檢座可能打算『硬闖看守所』。」

忍不住嘆氣，這麼做的話，我們豈不成了罪犯？

偵查一步步偏離正軌。我猜想，鯰魚固執的個性終將傷害自己，可惜世上沒有誰勸得了他。

四月九日　週二

今早我提前半小時出門，爲了搭乘公車前往桃園看守所，我不得不融入洶湧人潮，二十分鐘的車程搞得我腰痠背痛、渾身不對勁。

站在公車站歇息一會才恢復力氣，我拖著沉重的腳步繼續前進。打開導航軟體，路痴如我終於明白方位，驚覺昨天去訪的中學就在對街，大馬路一側充滿成長的喜悅、一側則有弱肉強食的殘酷。

監獄體系便有如此沉重的氣氛。

深灰色水泥圍牆不只隔絕被告的人身自由，光是盯著它看，就連高興的權利也給剝奪而去。來到看守所正門，疏於清洗的灰白馬賽克磚顯得髒濁，若非工作必要，眞不想踏進建築。

「你居然能找到這裡。」身後傳來鯰魚難聽的嗓音。

「那當然，」我轉過身。「手機裡有導航軟體。」

鯰魚還是不肯接受現代科技，臉上的鬍鬚說明：他大概連刮鬍刀也懶得使用。

走進桃園看守所大廳，沒有人主動指引方向，只好來到辦理接見窗口。

「有在線上申請接見嗎？」每天都得應付大量人潮，監所人員的語氣稱不上友善。

「沒有。」鯰魚回答。

「第一次來嗎？」

「對。」

「下次可以在網路申請再過來。」監所人員總算抬頭瞧了一眼。「身分證給我。」

鯰魚遞上地檢署的識別證件。

「請你的主管出來，」鯰魚平靜地說：「我來『視察』看守所。」

對方這才起身，卻不願收回那冷漠的服務態度。

我們到一旁的塑膠硬椅坐下，那名消極的監所人員要請出主管，恐怕得花一些時間。

「你瞧，」鯰魚遞來一張紙條，上頭寫：「刑事訴訟法第一〇六條，羈押被告之處所，檢察官應勤加視察。」

也就是說，檢察官擁有視察看守所的權力。

只是，過去曾有檢察官濫用職權，藉視察看守所趁機要求油水，曝光後引起了法界譁然。民間團體便以此事大作文章：『惡劣檢察官竟趾高氣昂地視察監所，這絕對是落伍的舉動，未來應儘速刪除檢察官視察看守所的權力。』

因此，檢察官們雖有視察的權限，鮮少有人干預矯正機關。

「現在正常辦理接見，馬上就能見到被告了。」我指向磨石牆面，上頭清楚標示著「接見室」三字。

「我不想去拜託對方的律師。」鯰魚否定我的意見。

「可以請監所人員詢問被告，重要的不是律師，而是被告本身的意願。」

「太麻煩了！」鯰魚不耐煩地說：「好不容易查出我有視察的權力，就該善加利用。」

「您不怕被誤會是濫權檢察官嗎？」我直說內心的擔憂。

「無所謂，我知道自己在做什麼。」鯰魚一臉平靜。

這便是鯰魚本色，無論身邊的人怎麼勸說，他也不會更改自己的意見。既然當事人毫不介意，也只能這樣了。

「昨天的調查還順利嗎？」鯰魚岔開話題。

「什麼？」

我假裝不懂，免得表情露出破綻。

「要是我猜錯了吳律師的背景，你肯定會炫耀查出的結果。」鯰魚喃喃自語：「但若被我猜對，你又不想讓我得意。」

鯰魚完全料中我的心思。

「見面已半個小時，這段期間你什麼也沒說，代表我說對了律師的底細。」鯰魚的嘴角露出獰笑。

不予回應是我的最後一絲抵抗。

像是爲我遮掩尷尬，辦公室大門終於被敞開，走出一名穿著筆挺西裝的男士，鼻梁上掛著保守細框鏡架。

「檢察官好，來訪前怎麼沒通知一聲，讓您久等。」想必從員工口中得知了我們的身分。「我是本所祕書，檢察官今日有何貴幹？」

「沒什麼，隨意看看。」鯰魚輕描淡寫地說：「隨便請個人替我開門，何必勞煩你？」

「哈哈哈哈……，」看守所祕書虛僞地笑了起來。「檢察官眞幽默，本所這麼做豈不失職？今天由我來接待二位。」

只好隨著對方的帶領通過管制，雄偉的鐵桿讓人不適，只從照片無法感受得到，收容人們面無表情看著我們走過，管理員以眼神說明了我們並未受到歡迎。

「報告檢座，本所正在進行每週一次的宗教教誨活動，等會請保持安靜，讓收容人把握機會學習。」儘管祕書始終保持笑容，卻能讀出他那排斥檢方的心思。

自始至終，他就沒正眼瞧我一下。

穿過重重鐵門、經過一道又一道的確認，我早已丟失方向。對方也有制衡的手段，鯰魚別想在看守所中隨意行走，這裡不允許誰擁有完全的自由。

要是看守所祕書消失不見，我還眞沒辦法走出這裡。

一陣子後，我們三人總算來到「宗教教誨活動」現場。原來，講課的位置不在禮堂或活動空間，不過是稍大的鐵籠而已，二十幾位收容人席地並肩坐著，不是個適合學習的地方。

我們不發一語走向鐵籠後方，靜靜地觀察教誨師的授課，前來的志工是名男性出家和尙，看守所內講解的宗教是否皆爲佛教？我就不大清楚了。

「還記得上週講解的內容嗎？我們談到佛教的基礎觀念『輪迴』。佛家認爲生命反覆經歷出生、死亡，唯有修行才能脫出輪迴的煩惱。」和尙開始講課。

「『六道』分爲三善道和三惡道，三善道爲『天、阿修羅、人』；三惡道爲『畜生、惡鬼、地獄』。按照因果報應的自然規律，善少惡多之人將下墮惡道，大家把握機會多做好事，才不會墮入畜生道、甚至是地獄。」

「『是非只爲多開口，煩惱皆因強出頭。』請大家少起爭執，今天的課程到此爲止，依照管理員的指示離開。」

這麼聽下來，牢籠中的眾生前世都做了好事，才會轉世爲人共處一室。教誨師從麻袋取出手帕，擦拭額頭因悶熱冒出的汗水。

鯰魚像小偷般觀察四周，我知道他又將做出驚人之舉。

「潘仁學在這嗎？」

鯰魚不顧眾人眼光，就這麼大喊出來。我瞥向祕書，他一臉不滿地站在原處。留有三分頭的瘦弱男子回頭，那人便是縱火犯。

「你們都出去，讓我和這人私下談談。」鯰魚要求人員離開現場，可說是喧賓奪主。「好了再叫你們。」

祕書不發一語，指示其他收容人依序離開鐵籠。

和尚朝我們行了個合十禮，鯰魚沒有理會，他失落地離開現場。終於，牢籠裡只剩我們和被告三人，對方的表情依然狂妄，不可一世的眼神將我們視作低等的存在。

「我依約來到看守所了。」鯰魚席地而坐，我只好跟著照做。「你對佛教有興趣？」

「消磨時間而已。」縱火犯冷淡地回答。

「你相信教誨師所說的內容嗎？」鯰魚問。

「誰知道？」幾日的收容時光，並沒讓被告學會收斂。「八成只是虛構的故事。」

「我也不信，」鯰魚述說自己的宗教觀：「但你終究來聽了。」

「要是還有來生，我依然會追殺『那群人』。」

寒意冷不防從脊椎衝了上來，內心十分清楚，他說的當然是那些活活被燒死的親人們。

眼前這人的心理狀態，恐怕已非常人能夠理解。

「大多人聽到這番話，一定認爲你是個喪心病狂的兇手。」鯰魚平靜地說：「我卻見到你心中『極爲巨大的憎恨』。」

所言甚是。

若非有極大的仇恨，不會有人痛下殺手之後，再次打算殺害逝者，多麼瘋狂的念頭啊。

縱火犯直視鯰魚的雙眼，罕見藏起兇惡眼神，對方稍微認可了鯰魚，儘管我們什麼也沒做。

「究竟發生了什麼事？」鯰魚像和朋友聊起日常瑣事。

「狗呢？」縱火犯岔開話題。

「唉！」鯰魚重重拍了下自己的額頭，響聲引起管理員的注意。「抱歉，是我忘了，阿學，潘老弟的狗還好嗎？」

「我不清楚。」面對如此兇殘的對手，我還是誠實點好。

鯰魚嘆口氣，表情看來很是後悔。

「等會就替你探聽狗兒的狀況，不必擔心。」鯰魚俐落站起身，胖子竟能做出如此靈巧的動作。「今天就不必回答我了，下次我會帶來消息，到時再考慮開口吧。」

說完，鯰魚筆直走向牢門，通知管理員視察已然結束。

回頭望了一眼，縱火犯像是見到怪人似地緊盯鯰魚，一如世人看待他的眼神那般。

離開鐵欄杆包圍的壓抑環境，建築外圍的灰白馬賽克磚不再礙眼，天藍晴空令人放鬆，快樂原來如此簡單，自由使一切都美好起來。

才踏出室外，鯰魚急忙從口袋掏出香菸，煙霧瀰漫破壞此情此景。

「我是故意這麼做的。」鯰魚的話語隨二手菸飄了過來。

「什麼？」我揮去難聞氣味。

「『我住著半間兒草舍，再誰承望三顧茅廬。』」鯰魚忽然吟起詩詞：「無論多麼乖僻的人，總會希望誰來關懷自己。」

看來，鯰魚打算再來看守所「視察」，沒有人歡迎的視察，誰又來諒解我的難爲呢？

「走吧，」鯰魚將還未熄滅的菸頭扔向水溝蓋。「你該上工了。」

「上工？」

「等會就知道了。」

鯰魚故作神祕的樣子眞惹人嫌惡。

默默走向圍牆邊的水溝蓋，我將鯰魚丟下的菸蒂踩熄，餘燼卻如冤魂再次冒出身影。

談到烈火，我不禁想起：逝者生前經歷了多麼難熬的掙扎？究竟是多麼大的仇恨，使兇手成了泯滅人性的怪物？

鯰魚喊住一臺計程車，我拖著疲憊的身軀爬行進去，不見他有上車的打算。

「要去哪裡？」我扛住將被推上的車門。

「去看狗。」鯰魚理所當然的樣子。

「狗？」

「去瞧瞧潘老弟的狗是不是還活著。」鯰魚解釋：「記得幫他弄點吃的。」

「看完之後呢？順便調查火場嗎？」

「不必，好好觀察那隻狗。」鯰魚強硬將車門闔上。「專心點。」

專心點？

不就是條狗嗎？

計程車司機這才肯開啓空調按鈕，車內暫時充斥著悶熱與檳榔氣味。

「比起搭乘公車還是舒適多了。」我在心中安撫自己。

我的工作內容可謂越來越古怪。

遙想九年前，那時我領完畢業證書，開始爲人生負起全責，沒想到幾年後的工作竟是觀察一條狗。

儘管遭到逮捕、主人依然掛心的狗。

再次來到慘案發生的現場。

正午時分，燒成漆黑的鐵皮屋附近仍圍起封鎖線，地面泥濘早已晒作乾土，鞋底的觸感踏實許多。

我以鐵皮屋爲圓心繞上一圈，不見任何管制人員在場，封鎖黃線形同虛設，我彎下腰身鑽了進去。

終於見到那條黑狗，他躺在碎石子地上熟睡著，太陽位於頭頂正上方，找不出任何陰影，我躡手躡腳接近屋旁，希望不要打擾他的睡眠。

然而，大概近期遭逢的劇變使他敏感，他還是倏地彈跳起來，向我不停吠叫。

只好停下腳步，任他發洩積累已久的壓力。

「汪！汪！汪！汪！」

他不間斷地吶喊，附近的鄰居大概聽慣了，不見誰出來觀望。我盤算拴住他的鐵鍊究竟多長？可別不小心侵犯了他的領域。

五分鐘過去，再怎麼有活力的狗也該累了，他終於趴下身，持續吠著。

站在烈日下保持不動是極吃力的事情，我拿出筆記本，試圖讓自己分心。

「臺灣土狗、黑色短毛、中等身材……，」我記下觀察到的細節。「情緒不穩定、容易緊張、狂吠不止、尾巴搖動……。」

尾巴搖動？

從小到大，我沒有養狗的經驗，來到桃園才開始與貓同居的生活。

儘管如此，還是有『搖尾巴代表開心』的印象。掏出智慧型手機查證，網友的意見也支持這說法。

確認眼前的狀況，黑狗果然翹高了尾巴，熱切地搖動著。

「只好賭一把了！」我深呼一口氣，走進對方得以觸及的領域。「最多打針破傷風，還能多慘？」

若是因公負傷，就不必隨鯰魚去看守所惹人嫌棄了，做足心理建設、無論如何都能得到好處，我輕快走向黑狗。

黑狗忽然衝了過來，我不爭氣地閉起雙眼，這就是所謂鴕鳥心態吧？

幾秒鐘過去，只感到小腿被溼潤的物體反覆觸碰，睜開眼睛，果然黑狗正舔舐著我，摸了摸他的頭頂，這是人生中首次與狗接觸，感覺眞好，我毫無顧忌席地而坐，和黑狗胡亂玩耍起來。

經過許久，正當我感到精疲力竭，他倚上我的膝蓋，安靜地睡著了。

「小黑很乖，好好睡吧。」爲他取了個隨處可見的小名，即使是兇手飼養的狗，依然有惹人憐愛的地方。他的重量使膝蓋不大舒適，心中卻感到踏實一點，我們無法相互溝通，反而使這段奇特關係更加珍貴。

烈日逐漸西移，終於有些許陰影遮向我們，索性躺了下來，享受罕有的小憩時光。

鐵鍊頹喪地垂落在地面上，我想，即使不去侷限小黑的自由，他也始終守著這不復存在的家園。

「比起與人類打交道，我和動物相處更加自在。」睡著前，我是這麼想的。

Ψ

午覺竟是如此舒服的享受，只是，硬地使腰背疼了起來。

迷迷糊糊，我勉強坐起身，眼前出現一名陌生男子的臉，我嚇了一跳，連滾帶爬向後方逃遠幾步。

「你是誰？」男子不似我這般慌張，語氣倒有些冷淡。「有帶證件嗎？」

撿起掉在石子路上的眼鏡，狼狽地掛上鼻梁，才發覺男子是名年輕員警。

「我是桃園地檢署的檢事官。」一面尋找公事包裡的識別證。

「檢事官？」年輕男子低語：「前些日子才聽過這職稱……。」

「嗯？」

我們二人互望一會，終於發覺曾在案發當天見過彼此。

「原來是檢事官呀！」對方的語調突然熱絡起來。

「是啊，我又被派來偵查了。」我連忙解釋：「抱歉，引起你的誤會。」

說完感到慚愧，誰會相信和狗兒睡作一團的人正在進行偵查呢？

「沒事，不是可疑人士就好。」小黑被我們的聊天聲吵醒，熱情迎接員警的到來。

「還好你沒讓我吃子彈。」我苦笑著說。

「開槍得要寫報告，很麻煩的。」年輕員警和小黑玩了起來。「狗懂得分辨善惡，對吧？檢事官才不是壞人呢。」

若這說法爲眞，未來偵查只需要帶上狗就行了，哪需要檢方辛勤地抽絲剝繭？

「善惡」很複雜，有些人被法官宣判有罪，在我看來反而像個好人。

也或許善惡只是被創造出來的無用標籤罷了，誰敢自稱是十足的善人呢？如果有，只是個不懂反省的蠢蛋吧？

「那天晚上辛苦你們了。」我打破沉默。「幸好最後有逮到犯人。」

「聽說檢事官也協助我們圍捕犯人，眞不容易。」員警站起身收拾玩心。
「沒幫上忙，別造成麻煩就好了。」
「喂！好了沒呀？」遠方的警車傳來了中年男子的喊聲。
「馬上過去！」年輕員警回應。
他匆忙從口袋掏出夾鏈袋，裡頭裝有寵物乾糧，年輕員警將餐點倒進一旁的鐵碗。
「乖，吃吧。」還未倒完，小黑已湊了過去。「吃慢點，別噎著。」
「這隻狗現在由你照顧嗎？」我問。
「目前是這樣，他長得像是我小時候養的土狗。」年輕員警解釋：「希望能趕快找到下一個主人。」
「你眞是好人，狗果然會分辨善惡。」我搬出剛才聽到的理論。
「狗是無辜的嘛。」我們倆相視而笑，發覺對方同樣是愛好動物之人，相處起來輕鬆多了。「我該走了，學長在車裡等我。」
「趕快去吧，我等會也要離開了。」望向逐漸暗去的天空。
「檢事官。」
「嗯？」
「下次別再進來封鎖區了，其他警員會把你視爲可疑份子。」
「知道了，謝謝。」我感到羞慚。
警車揚長而去。
我待在原地看著小黑吃完晚餐，發覺鐵碗沒有燻黑的痕跡，大概有人在火災後帶來了全新的器皿，無論是誰，鯰魚都該感謝對方的付出，否則我們將失去和被告溝通的橋梁。

話說回來，鑑定報告該要出來了，鯰魚爲什麼執著於和縱火犯當面溝通呢？

他想追尋的「眞相」究竟爲何？

四月十日　週三

「林叔早。」走進三十七號偵查庭，林叔正勤奮清掃環境。

「早，」林叔並未回頭，專注於自身的儀式。「偵查還順利嗎？」

「還可以。」我心虛地回應。

「那就好，鑑識結果出來了。」林叔以雞毛撢子指向我的座位。「早報刊載不少相關新聞，有空就讀一讀吧。」

「謝謝。」

這是林叔的厲害之處，儘管沒有偵查的權限，卻是我們最為穩健的後援。

放下公事包，我開始讀起報紙：

『清明佳節驚傳家族慘劇！』

四十八歲潘姓男子疑長期與家人不睦，竟在全家人聚餐時潑灑汽油縱火，當場燒死高齡雙親在內共九死一傷的慘劇。今日火災鑑定報告出爐，汽油桶上充滿潘姓男子的指紋，起火點位於家中唯一出入口，本案罪證確鑿。

經過記者實地探訪，火災現場已成了一片廢墟，只剩潘姓男子犯案前飼養的黑狗，目前由警方持續餵養照料，年輕員警表示：狗是無辜的，會照顧它直到下一個主人出現。

記者居然比檢方更早取得鑑定結果，不得不佩服他們在重大刑案上付出的努力，就連黑狗的狀況也挖掘出來，要是提早一天刊出，我就省得多跑一趟了。

我繼續翻閱報紙，深處刊登了社會名嘴所寫的社論，內容不外乎撻伐政府失能、又或「廢死」與「反廢死」間的舌戰：

『燒死親友後態度依然輕蔑，潘姓兇嫌毫無教化可能，法院該盡快執行死刑。』

『不應罔顧被告人權，仍需進行精神鑑定。』

『喪盡天良的兇案發生在你我身邊，政府難道不需要負責？』

找不出那唯一的倖存親屬有所發言，旁觀者倒是趁機宣傳自己的理念，我無心閱讀，眾人不過是發洩著心中的怨氣，說到底，沒有誰幫得上受害人。

我明白體制尚未健全，但修正不該在群情激憤之時，如此形成的法條絕對稱不上完善，不過是負面情緒揉合而成的產物。

偵查庭大門被粗魯地推開。

「狗的狀況怎麼樣？」看來，鯰魚是最後一個知道的人。

「還可以。」我拿出筆記本，打算逐條朗誦：「黑色短毛、中等身材……。」

「無所謂，活著就好，剩下的晚點再說。」鯰魚打斷報告，要我趕緊起身：「走吧。」

「去哪裡？」

感到不大對勁。

「桃園看守所，昨天不是才去過？難不成忘了？」鯰魚催促我：「快一點。」

找不出能夠抵抗的方式，我只能埋怨自己身處曆股的命運。

林叔望向我的眼神也充滿了憐憫。

Ψ

再度來到桃園看守所，這回鯰魚筆直走向了辦理窗口。

「叫你們的長官出來，那個戴著細框眼鏡的祕書。」鯰魚命令監所人員。

對方不發一語，轉頭走進辦公室，現場陷入一陣怪誕靜寂，我望向四周，無論正在等候的收容人家屬、或在此處工作的管理人員，一概投來不友善的眼神。

早就料中了這般對待，身處其中還是十分難受。

平時我早已習慣旁人歧視的眼神，然而，鯰魚承接的案件事關人命，不免爲他的舉止捏把冷汗。

看守所祕書走了出來，他的表情不似昨天那般親切，只是微微頷首，我們隨他匆促的腳步走向鐵籠世界。

「請注意自己的安危。」祕書面朝前方走去，一面說：「昨天潘姓收容人朝眾人比劃中指，要不是你們再度來訪，他應該正在接受處罰。」

我聽出祕書話中的含意：要不是我們擾亂看守所的秩序，收容人的情緒不會如此浮躁。

「萬一這些人向媒體爆料，我們就慘了。」我心想，記者們對於縱火案摩拳擦掌的模樣，我可以想像得到。

輿論的怒火或許將向我們延燒。

卻無力改變什麼。

祕書把我們帶進另一個牢籠，比昨天的授課空間狹小許多，但至少還有簡陋的木桌椅，縱火犯已在我們對面坐好，一名面露兇惡的管理員站在身旁。

「你的狗過得很好。」鯰魚開門見山地說。

無論處罰內容爲何，看來縱火犯遭到不小的折磨。

「你的狗長有黑色短毛、中等身材，對吧？」我讀著昨日取得的資訊：「不需要擔心，他目前由當地警方照顧，三餐都有定時餵養。」

「……，謝謝。」顧忌身後站著的管理員，縱火犯的態度收斂不少。

但這不是眞正的他。

鯰魚想要見到的是那不可一世的狂放兇手。

「請出去，」鯰魚向管理員說：「好了會叫你。」

「收容人昨天才違反規定，我得看住他。」管理員堅持自己的立場。

「如果得不到我要的答案，」鯰魚自言自語：「明天又要過來一趟。」

只見祕書朝管理員使了個眼色，他們一前一後步出牢籠，將我們三人反鎖在其中。

我和鯰魚成了暫時的階下囚。

「還好嗎？」鯰魚流露出同情的語氣。

「死不了。」縱火犯虛弱地說著。

「那麼，該換你向我解釋了，究竟發生什麼事情？」

縱火犯以眼神掃視我們，彷彿我們才是需要被檢驗的一方。

大概是對狗的關懷打動了他，被告看來準備開口，這可是個極大突破，案發至今日，潘姓兇手除了輕蔑的態度，從未談論任何細節。

重要的時刻終於來臨。

「大概晚上六點左右，我趁家人聚餐，拿出藏在門後的汽油桶……。」

「等一下。」鯰魚居然打斷他的自白。「我要聽的不是這些。」

什麼？

我和潘姓嫌犯都露出了驚訝的表情。

「我想知道更早之前的事情……。」鯰魚搔弄著鬢毛。

「爲什麼如此痛恨家人？」

一談起家人，縱火犯的瞳孔忽地收縮起來。

陷入萬千思緒，對方一時間竟不知從何說起。這才發覺，縱火犯的眼珠是極爲透澈的黑亮色，其中有仇恨、有羞愧、有複雜難解的情緒。

他還沒開口，我就爲那深邃的眼神吸入其中。

六〇年代

當年家中有七人，我、父親、母親、三位哥哥以及弟弟。

家裡的稻作名爲「臺農六十一號」，我們是本區最先引進新品種的農家。只是好景不常，沒幾年，附近的鄰居叔伯也開始種起了臺農六十一號。

『混帳東西！要不是我帶來稻種，他們哪有錢賺？』每個月，父親總有幾天喝得酩酊大醉，我曾躲在房裡聽他這麼抱怨。

這種現象，我稱之爲「小農心態」。

若有哪家種出了新穎作物，其他鄰居便會起身仿傚，最終所有人的利潤都遭到稀釋，農民們又得爲生計苦惱，鄉野之間不斷上演類似的戲碼，卻鮮少有人學會教訓。

想當然，臺農六十一號的市場價格很快跌落下來。

鄰居們爲求生存，沒過幾年再度引進了新品種，但父親從此停下腳步，我家的稻作直至九零年代依然保持原樣，此時市場充斥更加優秀的蓬萊米、越光米……等等，中間商忽視我們家的存在，大哥爲了賤售作物不得不四處奔走。

我和同學們不同，大家都想盡快脫離鄉村，我對農業卻懷有興趣，自給自足的生活模式十分吸引我。

只是單純地憎恨著臺農六十一號。

長大後才明白，錯的不是作物、從來就不是，但那深埋許久的恨意難以袪除。

小學時期，我的成績一度名列前茅，眾人認定我該要用功苦讀。我總是最早返回室內的孩子，只因家人對我的期待有所不同。

除了因失意而變得沉默寡言的父親，其他人總會在我耳邊說著這類閒話：

『阿學仔！緊去學校，不要待在田裡。』

『你很聰明，好好讀冊成為大人物！』

『不要學我們，待在家裡一輩子種田。』

就連尊敬的大哥也這麼說，我非得幹些大事才足以回報家人。

從國中開始，隨家人下田的機會日漸減少，儘管在書頁之中獲得的快樂不多，我還是接受了認眞念書的現實。幾年後，我考上中壢高職基礎會計科，父親罕見露出笑容，以為兒子讀了商科就能擺脫中間商的剝削，沒想到只是悲劇的開端而已。

就讀高職時，我搬到中壢當地的簡陋雅房居住，租金是母親從家用硬擠出來的，我難免有愧對兄長的心情，於是假日也不敢回家，只在租屋處與學校重複往返。

缺乏多餘的零用錢外出遊玩，也就沒有交心朋友，大多人總在我的身後說閒話。升上高職二年級的夏天，雅房屋頂開始漏水，我請求房東修理，卻換來一陣怒罵：

『為什麼只有你的房間漏水？』我無法回答房東的疑問，天知道答案。

有時候才熟睡，腳邊就感到水珠滴落，這種生活並非無法忍受，但又不大對勁。我待在學校圖書館的時間越來越長，回到租屋處也只是席地而睡。

房東飼養的雪納瑞犬是我唯一的依靠，她常在一樓大馬路旁走動，是隻待人親切又熱情的好狗。

久而久之，我們之間產生了深厚的情誼，進出時總會玩耍一陣，直到今天，我仍清楚記得她的面貌。只要不提屋頂漏水的事，房東就能笑臉迎人，對於我和雪納瑞犬的相處也毫無意見，我便在這時確定了志向。

爲了考取理想的科系，我加倍沉浸於書堆之中，身邊沒幾人爲升學苦惱，我能做的卻只有讀書了。高三停課後，我硬著頭皮返回老家一趟，兄弟們都已長成更加高壯的大人，黝黑的皮膚說明了他們平日的辛勞，我對白皙的膚色感到羞恥。

『我想繼續升學。』我開門見山地說明。

只見父母親交頭接耳，過了一會終於說出答覆：

『好，但要節省一點。』母親回答。

『謝謝爸媽！』許久沒獲得誰的認同，我露出笑容。

回家一趟果然沒錯，當時我是這麼想的。

『你想讀哪間學校？』母親追問下去。

『屏東農專。』我如實報告。

『屏東？』母親的語氣不再親切。『爲什麼要跑去屏東讀書？』

『那裡有畜牧科，也可能學到獸醫的技術……。』

『誰讓你去唸畜牧科了？』父親打斷我的發言：『給我繼續讀商科！』

見著父親發怒的模樣，母親趕緊打圓場。

『是啦，商科不錯啦，比較有前途。』

門後站著的兄長們雖不發一語，眼神也流露出不諒解，我明白再說只是無濟於事，吃頓晚餐便返回租屋處，那裡儘管常會漏水，還是比較自在。

猶豫幾天，終於敲破撲滿，取出省吃儉用才擁有的報名費，並將志願表一齊交給導師，誰曉得所有的付出只是白忙一場，我在專科聯考沒能拿出表現，不必等到放榜那天，就明白榜單上的姓名不會有我。

都怪我沒能早點接觸畜牧科系。

我將會計相關書籍狠狠地扔進垃圾桶，這些東西沒爲我帶來幫助，反而耽誤了追逐夢想的可能。

躺在木板床上，任憑骯髒雨水滴落在腳踝。幾個月過去，房東終於來敲門了。

『你的房租呢？好幾個月沒進帳了。』過去三年，母親會將款項匯進房東的戶頭。

我望向牆邊的撲滿玻璃碎屑，明白自己到了山窮水盡的地步。

『之後一次補給你。』

於是，我不得不靠打零工來應付生活，這和當初的想像落差甚大，搬運紙箱使我的瘦弱身軀經常痠痛，白皙皮膚還是沒晒黑。

過去在學校遭遇的霸凌又再上演，同事們在背後嘲笑我的體態，我依然沒有朋友。

『無所謂，存夠錢就要離職了。』我不斷催眠自己。

半年時間過去，總算將欠繳的房租一次付清，我立刻向公司提出離職，老闆也沒挽留我。臨走時，我詛咒了那間公司：

『你們就一輩子搬貨吧，白痴。』

無論那些紙箱裡裝著什麼，我都毫無興趣。

而那公司應該倒閉了吧？

搬離租屋處的當天，我發覺房東飼養的雪納瑞犬不在原處，就連平時擺放飼料的鐵碗也不見蹤影。

不敢過問，我知道自己無力承擔眞相的重量。

狼狽返回老家，家人們大概從榜單得知了一切，不再向我多說什麼。這一次，我總算能夠下田了，只是得忍受那嫌惡的臺農六十一號、還有兄長們投來的鄙夷眼神。每逢月底，母親會給點小錢供我花用，三餐也無需外出尋覓，這生活其實不算差勁，但我總得想辦法彌補家人的栽培。

將近十年的時間過去，期間服完了兵役，此時終於存足現金，該來實踐蘊釀已久的想法。

我在距離老家兩公里處租了塊水泥空地，老同學阿勝靠撿拾回收過活，特地帶來珍藏許久的鐵皮，我們倆花費幾天搭起簡陋的棚架，這才請繁殖場老闆送來公母各半、共十隻蝴蝶犬。這裡便是寵物繁殖事業的起點，再也沒有更適合我的工作了：既和畜牧扯得上關係、又能和狗時常相處，不亦樂乎。

何況，別人能做的，憑什麼我不能做？

市場上流行大麥町、貴賓、博美，我偏要反其道而行，哪天蝴蝶犬流行就發大財了。

中小型犬在足歲時便算發育完成，一年後，當初買來的其中三隻母狗生下孩子，我的鐵皮棚下擠滿幼犬，同時吠叫的聲音很是吵雜，帶給我親切熱鬧的感覺。

我趕緊聯繫桃園地區的寵物店，詢問他們有無購買幼犬的意願，再沒有現金收入，就快買不起狗兒的飼料了。

事業將要起飛時，幾名穿著高領衫的男子出沒在養殖場旁，我以為哪位客戶前來探訪，奔走出去又不見人影。

幾天後，當時我與蝴蝶犬正在鐵棚子下午休，穿著高領衫的男子們忽然衝了進來。

『我們是家畜疾病防治所，請配合。』

『根據新公布的動物保護法，任何人不得販賣特定寵物。』

『你未經主管機關許可，今日偕同警方沒收犬隻。』

那些人朗誦我從未聽過的法條，一面想把蝴蝶犬們拖上廂型車，我不可能就範，拿起擺放在一旁的鐵條揮舞著，一時間他們無法靠近。身後的幼犬們一齊吠叫，狗確實具有靈性，竟明白主人陷入危機。

趁我分心的時候，一名員警將我撲倒在水泥地上，隨後有更多人壓了上來，我再憤怒也無法動彈，只能眼睜睜看著蝴蝶犬們被帶走。

『輕一點！』我在地面上交代，有人伸出手掌將我的嘴摀住。

瑪莉、妞妞、雞腿，一隻隻被抱了起來，明白自己無力挽回，接下來發生的事情卻讓我無法釋懷。

至今仍無法釋懷。

小狼的個性兇悍，某位防治所人員粗魯地抱起他，當然引來啃咬，公務員竟狠心將他扔下地面。

頭蓋骨筆直朝下、重重摔上碎石子地。

那人緊張地蹲下察看，我只見到小狼翻白眼、嘴角溢出鮮紅血泊，工作人員爲了掩飾這一切，急忙將小狼軟弱的身軀扔進廂型車。

我被壓制在地上，被摀住的嘴沒能發出任何喊聲，殘留的血跡像是我心上的傷痕。

他們自稱是來解救狗兒的，在我看來，那不過是自我滿足。

我再也沒有見過小狼。

無處可去的關愛化作極致的憎恨。

當晚我被帶進警局，父母親來到派出所時，竟只顧著向愚蠢的警察們哈腰賠罪。

『憨兒子！了然！沒有前途！』父親甚至在大庭廣眾下羞辱我。

隨爸媽回到老家，我再也無心經營事業，下田不打算做了，就這麼待在房裡閱讀佛書，想弄明白小狼究竟去了哪裡？

又該如何與蝴蝶犬們再次相遇？

這幾年我總是深居簡出，母親定期從門縫塞來零用錢，我只是擺放在櫃子上，臭錢再多也換不回我的青春，母親想要彌補自己愧疚的心情，我不會領情。

我要你們付出代價。

即使和父親待在同一屋簷下，數年來卻未曾見面，前些日子，大哥說明父親已無法行走，家裡多請了一名外籍傭人，要我善待人家。

我明白該是復仇的時候了，不能讓他善終。

拿起擺放在櫃子上的鈔票，久違來到市區，我買了面罩、汽油桶……。

四月十日 週三

「夠了！」鯰魚又一次打斷兇嫌的自白。「休息一下！」

眼前的縱火犯嘴脣乾裂，過多的痛楚似乎使得身體更加虛弱，他不停喘氣，脣上的死皮隨呼吸飄搖。

「冷靜點，事情已經結束了。」

「才沒有結束呢！」縱火犯吶喊：「永遠不會結束！」

鐵欄杆外的祕書和管理員們緊張地看向我們。

「冷靜點。」鯰魚壓低聲量再說一次。

被告深吐一口氣，好不容易才稍微平靜。

「夠了，」鯰魚惆悵地說：「案情不必多說，我看鑑定報告就夠了。」

「嗯。」

縱火犯看起來相當疲倦。

「那隻還在世的黑狗……，我會替他找個好主人。」鯰魚斟酌用詞。

「可以。」

「下次見面，大概就是在法庭上了。」鯰魚站起身。「今天我只有一句話想說。」

我和縱火犯好奇地看向鯰魚。

聽完如此漫長的故事，竟只有短短一句感想？

「你有你的苦衷，其他人又何嘗不是？」說完，鯰魚逕自走出牢籠。

只留縱火犯無力待在原處。

四月十一日　週四

短時間擅闖看守所兩次，不只引起矯正機關的排斥，對方的律師也有所表示，上午九點整一到，巴哥已在線上等候鯰魚。

鯰魚一如往常，提著油膩的粉紅色塑膠袋走進辦公室。

「檢座，動作快一點。」林叔催促鯰魚：「主任檢察官在電話上等您。」

「急什麼？」鯰魚一臉煩悶的樣子，但不見他感到意外。

他將早餐扔上桌面，過了半晌，才將話筒一把抓起。

「喂？」

「你現在才到辦公室？」聽筒傳來巴哥不悅的嗓音。

「早就到地檢署了，只是走路速度比較慢……。」鯰魚說著離譜的藉口。

「我接到律師來電，你明白自己做了什麼。」巴哥的字句充滿力道。

「我明白。」鯰魚自知理虧，唯唯諾諾地答應：「我不會再去看守所了。」

「最好是這樣子，再被投訴你就完蛋了。」巴哥氣憤地掛上電話。

「呿。」趁對方沒聽到，鯰魚卑鄙地做出抵抗。

拎起油膩的粉紅色塑膠袋，鯰魚拿出三個餐盒，打算以暴飲暴食來調適情緒。

「林叔？」鯰魚不顧口中塞滿蛋餅，依然大聲吶喊。

「是。」

「撥個電話給吳律師，我要和他碰面。」鯰魚補上一句：「今天以內。」

「這樣好嗎？和律師約見，不都要提早幾天？」

「無論他在哪個咖啡廳辦公，叫他把地址交出來就對了。」鯰魚揚起下巴說：「我親自去會會。」

「請三思，我們才被對方投訴，貿然拜訪會引來更大的麻煩。」我出言阻撓。

「放心，他才不屑和基層檢察官拚命呢。」鯰魚看起來一派輕鬆。「你不是查證過了？」

話雖如此，也不該在風波未平時招惹對方。

林叔從抽屜取出名片，勉爲其難拿起話筒。

「我們這邊可是搏命演出呢，怎麼會輸呢？」鯰魚喃喃自語。

他還是沒明白，一把年紀卻只能擔任基層檢察官，其實早已經註定了敗局。

『是非只爲多開口，煩惱皆因強出頭。』離開偵查庭前，想起在牢籠聽見的箴言，鯰魚恣意妄爲的舉止令我難以忍受，錯綜情感如今匯聚成了厭惡。

Ψ

來到大有路上的連鎖咖啡廳，門口不知爲何大排長龍，我只能不斷賠罪，帶鯰魚擠進室內。我在人群之中尋覓目標的身影，終於在角落的沙發區望見吳律師，他戴著時下正流行的無線耳機，周遭的嘈雜彷彿與他無關。

「咳，」鯰魚來到他的身旁，輕咳一聲。「對面有人坐嗎？」

吳律師摘下耳機，沒有多說什麼，冷淡地點了點頭。

點頭代表什麼意思？究竟是「已經有人坐了」、還是「可以坐」的意思呢？華人的溝通方式眞是艱澀難懂。

鯰魚才不顧那麼多，急忙將他的碩大屁股塞進沙發。

「好熱，這裡人眞多。」鯰魚不停抱怨：「服務生什麼時候來點餐？」

鯰魚實在太落伍，連咖啡廳的點餐方式也不明白。

只見吳律師將桌上的筆電收進公事包。

「沒有重要的事情，我準備要離開了。」吳律師平靜地說。

「別這麼冷淡嘛，當然有重要的事情要討論。」鯰魚倒像是個無賴。

「不會要我收回投訴吧？」

「那才無所謂！」鯰魚哈哈大笑。「放心吧，我不介意。」

吳律師困惑地看著鯰魚，不明白自己遇上了何方神聖。

這名怪人距離被彈劾只剩一步之遙，依然不在意自己的處境。鯰魚將右手伸入褲子口袋，掏弄許久，好不容易拿出一張充滿皺摺的Ａ４紙張。

「這是什麼？」吳律師好奇地問。

「你不是向法院聲請停止羈押？」鯰魚解釋：「法官裁定『駁回』，你沒有固定的收件地址，我只好親送過來。」

「原來如此，看來是檢方贏了。」吳律師將揉皺的公文放進資料夾。「您跑這一趟，是爲了親眼目睹對手的挫敗嗎？」

「怎麼會呢？我早說過了：『讓被告待在看守所，才算是保護他的方法。』」鯰魚說：「更何況，法官同意爲被告進行醫療鑑定，你的行動不是全無收穫。」

「或許吧，」吳律師還是不太滿意。「我該離開了。」

「等一等，你這年輕人也太著急。」鯰魚扯開嗓門：「我們還沒談到『重要的事』呢。」

吳律師不情願地坐回原位。

「檢察官，有話直說。」

「狗。」鯰魚只說了這麼一個字。

「狗？」只是讓對方更加困惑。

「被告在犯案前曾養育許多狗，這事你知道嗎？」鯰魚詢問。

「不清楚。」吳律師搖搖頭。「只在報紙上讀過，有名警察正在照顧他的黑狗。」

「原來你知道，那就好辦了。」鯰魚直視對方的眼神。「今天要和你討論那條黑狗的未來。」

「狗的未來？」

「根據民法的定義，動物只是人類財產的一部份。」鯰魚自顧自說下去：「刑法中，毀損文書的罪責居然重於傷害動物，知道爲什麼嗎？因爲動物在法律面前不過是『一般物品』。」

「那又怎樣？」

「未免太荒謬了，你不覺得嗎？」鯰魚再從口袋中掏出一張文件。「這是『財產讓渡書』，請給你的客戶簽署，我想將黑狗交給年輕員警照顧。」

「檢察官，您是不是誤會了？」吳律師不屑地笑出聲。

「願聞其詳。」

「我承接的案子是『殺害直系尊親屬罪』。」吳律師拉大音量，像要羞辱鯰魚一般解釋著：「民法上的物品讓渡跟我無關，不要拿小事來占用我的時間。」

浪費時間？

鯰魚以只有我能聽見的聲音低語：

「這才不是小事。」

「你說什麼?」吳律師氣勢凌人地追問。

「你自稱是『人權派律師』。」鯰魚站起身，終於引起周遭客人的關注。「在我看來，只是個極爲自私的老派律師。」

「請你注意措詞!」吳律師憤怒地指著鯰魚的鼻子。「這絕對犯了公然侮辱罪!」

二人互不相讓，一場爭執在所難免，我已放棄勸阻的念頭，任他們在公共場所盡情丟臉。

「我說的可是事實。」鯰魚大聲吆喝：「你說你只承接了縱火犯的刑事辯護，對吧?」

「那當然，難不成我要包辦他的生活瑣事?」對方不甘示弱地說：「莫名其妙!」

「你才莫名其妙!你根本不配自稱爲人權派律師!」

聽見這句謾罵，吳律師忽然清醒過來，大概是發覺這場爭執不會有交集，他提起公事包，筆直朝向店門口走去。

「只願意承接縱火案辯護?」鯰魚持續朝律師的背影罵著：「你並沒有背負起對方的人生!」

吳律師稍微停下腳步，站立數秒，還是離開了咖啡廳。

直到看不見對方的身影，我才帶鯰魚走出現場，眾人鄙棄的眼神並不歡迎我們。

Ψ

來到遠離大馬路的巷弄之中，我再也按捺不住心中的怒火。

歧視、責罵、誤解，爲什麼我非得要承受這些?

「他媽的!」我揪住鯰魚的領口，將他大力推向牆邊。「到底在搞什麼東西?」

鯰魚並未回嘴，只是試圖掙脫我的拉扯。

「眞的太自私了！」我盡情辱罵鯰魚：「部下有多爲難，你知道嗎？」

「憑什麼就你一人不必遵守規則？」

「你要是正確的，又怎麼只是基層檢察官？」

鯰魚不再掙扎，任憑唾沫飛上他的臉頰。

若鯰魚有所反擊，我恐怕會發狂似地繼續罵出心聲，甚至扭打都有可能，但他像是失了魂的人偶，隨我發洩。

我只好放開他的領口，稍微走遠一些，倚著牆，緩慢滑落在柏油路上。

鯰魚也坐了下來，整理起自己的衣衫。

我們尷尬地待在骯髒小巷中相處，誰也沒打算先開口，只剩餐廳排氣的聲響迴盪在高樓之間。

「訴諸暴力可不是好方法，這次是我的錯。」我在內心反省。

鯰魚再怎麼可惡，我也不該爲了懲罰他，而變成更可惡的人。何況，這陣子承受的歧視、責罵、誤解，並未因此解脫。

等等，歧視、責罵、誤解，鯰魚不也如此承受著？

『你有你的苦衷，其他人又何嘗不是？』

我望向遠處的鯰魚，開始同情他那被部下蹂躪後的慘狀。

「抱歉。」我簡短說出二字，劃破排氣風扇發出的巨大聲響。

鯰魚沒回應，只是低頭嘆了口氣。

「我不應該使用暴力，」我重複一次：「抱歉。」

「知道爲什麼要竭盡全力嗎？」鯰魚沒有接受道歉，也未見他有責怪的意思。

我緩緩搖了搖頭。

「這份工作最困難的地方，在於如何面對自己。」鯰魚望向遠方。「非得這麼做，我才能向倖存者說出：『很遺憾，我盡力偵辦過了。』」

「很遺憾……。」我低聲重複鯰魚的解釋。

我們這回眞是拚足全力了，毫無遺憾。

而被害人的遺憾，該由誰來彌補？

「縱火犯燒死了九條人命，我大可以只憑鑑定報告，直接向法官求判九個死刑。」鯰魚說：「但，那不是誰都能做到的事情嗎？」

求處死刑，竟是誰都能做到的事情？

我說不出什麼，望向前方的水泥牆面沉默著。

「不將那條黑狗安頓好，就和害死小狼的兇手沒什麼兩樣。」鯰魚幽幽地說。

或許吧。

我們只顧排除縱火犯的存在，卻忘了去理解怪物的成因究竟爲何。

「走吧。」鯰魚像是什麼事也沒發生，輕快地走向大馬路。

這麼做，至少使得憎恨不再增生。

儘管那頭怪物早已遭到囚禁，也終將被體制抹殺、拭去。

還有我們能夠多做的事情。

Ψ

鯰魚交付我一本老舊的佛經，書皮上斑駁的字體寫著「大悲咒」三字，要我輾轉送到縱火犯的手上，我只好再次來到看守所，儘管這裡帶給我諸多痛苦回憶，終究是最後一趟，我打起精神走了進去。

「我有書籍要交給收容人。」來到辦理接見窗口。

監所人員發覺我打算遵循規矩，面露驚訝。

「不必去叫祕書？」對方擔心地問。

「不用，我只是來送書的。」感到有些好笑。

「請填寫接見寄物單。」

我接過遞來的文件，站在櫃臺旁書寫。

「請至一旁的『接見室』等候，我們會安排收容人與你見面。」監所人員首次對我釋出善意。

「不需要會面，把書轉交給他就夠了。」

「……，好。」

監所人員從玻璃下緣伸出手，交付之前，我不知道哪根筋不對勁，竟想翻閱這本經書。

「等我一下。」

才翻開第一頁，便見到鯰魚以粗重的筆跡寫下：

『社會是兇手，你則是千倍可惡的兇手。』

這才甘願將經書闔起，交給眼前的監所人員。

「謝謝。」

「不客氣。」

回頭望向看守所，這充滿罪惡的地方使我驚覺：

沒有誰是做足修行而來到世間的，

唯有謙遜才能稍微前進。

請你悔過。

六月二十七日　週四

兩個月的時間過去，我幾乎丟失了書寫日記的習慣。

上班族們在盛夏中辛苦地穿梭，酷暑使每個步伐都艱辛無比。

小黑被年輕員警收養後，得以脫離烈日之下的生活，我們的付出至少爲一個生命爭取到幸福。

鯰魚在春季引起的諸多風波並未見報，已是萬幸。

曆股正遭到桃檢高層清查，上頭終究將目光移向我們，逐一檢視偵查過程有無違法之虞，大概是某位律師的權貴父親給予了壓力，高層非得有所表示，我是這麼認爲的。

還沒有人收到明確處分，三人卻已坐足了冷板凳，被迫暫停承辦任何案件，彷彿賽場上那著名的傷停時間降臨，有人受傷倒下，周圍的時間於是凍結停止。

若不打算離場，就得咬緊牙根想辦法起身，然而，儘管我們擅於協助旁人，卻不明白該如何拯救自己。

總之，這場夏天簡直無聊透頂，有時候，我會想起看守所見過的那名教誨師。

他並未爲我帶來平靜，那些話語反而使我陷入困窘。輾轉打聽，得知那名和尚來自復興區的「福長寺」，我向鯰魚借了那臺奶油色福特全壘打，緩緩朝向南方駛去。

這是趟悠閒的公路之旅，反正，也沒正經事等我去辦。

Ψ

好不容易抵達了福長寺，眼前是座簡樸靜謐的中型寺廟。

恰逢修行者們的午課時間，才踏進庵門便聽見誦經聲，我不願打擾修行者，就這麼在寺廟稍作漫步。

精美蓮花池、鮮豔琉璃磚瓦、以及隨風飄逸的樹蔭，使我找回遺失許久的寧靜。

只是，閒逛總有極限，沒過多久便將寺院看了個透，於是來到佛堂後方聆聽誦經聲，靠在紅漆早已斑駁的大型圓柱上，終於引起某位僧徒的注意。

和尚擺出手勢，邀我到他的身旁坐下，那裡有個閒置的打坐禪墊，我入境隨俗走了過去，並接過削瘦行者遞來的佛經，總算聽懂他們吟誦的內容：

南無佛南無法南無僧
南無救苦救難觀世音菩薩
怛只哆唵伽囉伐哆伽囉伐哆伽訶伐哆
囉伽伐哆囉伽伐哆娑婆訶
天羅神地羅神人離難難離身一切災殃化爲塵
南無摩訶般若波羅密

無法領略經文的意涵，對我來說，法號像是咒語般的存在，不見得是呼喊神尊，更像讓自身回歸寧靜的儀式。

嘗試清空腦袋中雜亂的思緒，疲倦感忽地湧上，陷入這陣子未曾有過的靜寂。

再一次睜開雙眼已是黃昏時分，身旁的和尚們早已脫離禪定，幾人收拾四散的打坐禪墊，我在頭型相似的眾人之中見到了那名教誨師，他大概沒認出我的身分，不打算搭話。

說不上爲什麼，我又感到情緒波動，他所提及的「輪迴」、「六道」困擾著我，於是站起身，走向福特老車，打算在日落前返回市區。

坐在車裡的破爛椅墊上，回想今天遭遇的一切，沒有爲我煩悶的心境帶來解脫。

「輪迴」或許眞是存在，不過，「六道」又如何呢？

『人若是犯了罪惡，來世可能將墮入畜生道。』儘管不盡然精準，卻是我對六道的理解。

可我不滿足於這個答案。

倘若尚有來生，我願成爲心思單純的貓犬，也不想生做醜惡的俗人。

而某人大概也想和狗兒們再次相逢。

那時，仇恨將從世界消失殆盡。

下意識唸出方才聽見的佛號：

南無大慈大悲救苦救難廣大靈感觀世音菩薩

南無大慈大悲救苦救難廣大靈感觀世音菩薩

南無大慈大悲救苦救難廣大靈感觀世音菩薩

我終究是個未遭救贖之人，只因無法停下胡思亂想。

無論如何，這是屬於我的解答。

後記

愛亞是我敬愛的前輩作家，文末所選之《白衣觀音神咒》是向《曾經》一書致敬，那鏗鏘有力的心境描述我始終愛讀。

儘管選用同段經文，傳達的意念卻相去甚遠。

衛道人士或許認爲本書有褻瀆之意，其實相反，各派的旨意我都研讀，尤其對佛教「輪迴」一說感到著迷。

只是，人心這般醜惡，生而爲人眞較其他物種高尚嗎？我不免懷疑，太多例子爲其「智慧」所誤，進而鑄成大錯。

我的生命曾有兩隻狗兒陪伴，乖乖和寶寶如今已離開，卻教會我生命的種種，若非他們逝世帶來的衝擊，我沒可能完成這些作品。諷刺的是，儘管站上了更高的舞臺，我仍眷戀依偎彼此便足矣的生活，書中某人竟有部分與我相似：比起社交，和動物相處反而舒適。

話雖如此，這小說像是鏡子般的存在，你在其中見到什麼，那便是什麼吧，世事不可能如此發展。最惡的惡，是強迫你接受我自認爲的善，而我不打算這樣做。

附錄：短篇六則

菸蒂

阿隆恨死菸蒂了。

他任職於汙水處理廠，幹了十五年，負責的業務是「一級處理」系統，也就是將汙水中的固體垃圾清除，減少城市汙染物的排放量。

這工作並不困難，整段過程大多由機械運作，阿隆只需按下幾個鈕就好，按照指示逐一設定，都市便會穩定運作。

只是，每個月總有幾天讓阿隆煩躁：他得清理「隔欄」。那裡擋下了人們製造的固體廢物，其中菸蒂占有很大比例。

而菸蒂臭死人了。

泡過水後，簡直是人世間最臭的化物，比水肥排泄還臭、比愚蠢的主管更臭，阿隆經常清理，再明白不過。

Ψ

阿隆少年得子，意料之外卻讓他就此定了下來。他帶當時的女友、現在的老婆，硬著頭皮買了戶頂樓加蓋，棲身於眷村老舊公寓中，雖不光彩但總是個窩。

就在那時，阿隆應徵上汙水處理廠的工作，兒子不久後順利誕生，他的人生從此步上軌道，絕不允許再有意外。

Ψ

妻子燒的菜口味普通，一家三口總還是持續吃著，像儀式，或像確認彼此的存在。在阿隆下班後、兒子放學後、妻子褪下圍裙後。

家人間許久沒聊天了，尷尬氣氛像是阿隆背上的刺，他決定今天要勇敢一點。

「學校怎麼樣？」阿隆突然出聲，勇敢或是魯莽？

「……，問我嗎？」兒子幽幽地答。

「當然問你呀，」阿隆說：「你媽又不必上學。」

妻子瞪他一眼。

「還好。」兒子少話，扒了幾口飯。

「有沒有學壞？身邊有沒有壞朋友？」阿隆追問。

「問這什麼蠢問題？」妻子白眼一翻。「他每天回家吃飯，哪裡學壞了？」

也是，阿隆心想。

「總之，做人不求大富大貴，凡事腳踏實地，有份安穩的工作就好了。」阿隆侃侃而談：「不要偷拐搶騙、不要破壞秩序，知道嗎？」

「真囉嗦，飯都變難吃了。」妻子吐槽。

阿隆不敢再多說，暗忖是自己搞砸了調味，或這飯菜本就如此糟糕。

Ψ

隔日，阿隆搭乘老舊電梯下樓，見到玻璃旁有張公告：

住戶大家好：

煩請住戶勿將菸蒂往樓下丟，低樓層每天承受雜物異味，導致斥之以鼻，且有火災風險。

懇請住戶們發揮公德心！

「哼！」阿隆嗤之以鼻。「公告裡居然有錯字。」

走出電梯，阿隆跨上二十幾歲的豪邁牌機車，他們都老了一點，但依然互相扶持著，邁向上班的路程。

「哇！」阿隆驚叫一聲，老婦騎著腳踏車自小巷逆向竄出，這類事在老眷村天天上演。

「守規矩好嗎！」

老婦不理他，沒聽見或臉皮厚？誰知道。

Ψ

又到得清理隔欄的一天，周而復始的工作內容雖令阿隆安心，菸蒂與廢物卻讓他相當厭惡，十分複雜的心境。

「好臭。」阿隆戴著口罩，依然聞得到那股臭味。「天底下怎麼有這麼臭的東西？」

自己年輕時怎麼會抽菸呢？阿隆忘了，也想不起爲何而戒。

那股味道又一次烙進他的腦海，越來越深。

Ψ

「爲什麼有股菸臭味？」阿隆一面吃飯，疑問盤旋在腦中。

是自己的衣服染上了髒汙？還是……？

他不敢想，又不斷想；他不敢問，終於還是問了。

「你是不是偷抽菸？」阿隆問。

「……。」兒子沉默，沒搭話，眼神逃避著父親。

「你是不是偷抽菸？」阿隆又問一次。

「……，你有看到嗎？」兒子終於回話。

「沒看到，但你別想騙我。」

「你又沒看到，憑什麼懷疑我？」

阿隆將碗筷朝餐桌重重一摔，嚇了妻兒一跳。

「你他媽別想騙我！我在汙水處理廠待了多久，當然聞得出菸味！」阿隆大吼。

「別這麼大聲，會嚇到鄰居……。」妻子低聲勸說。

「就得這麼大聲！我們家不許抽菸！翅膀硬了？滿十八了？搞什麼東西！」

阿隆將碗筷拾起，再摔一次，當然碎了。

兒子答不上話，沉默一會，沒打算再扒飯，靜靜地躲回房間，身後黏有父親不停歇的咒罵。

「敢把菸蒂往樓下丟？孽子！」

將近一個月過去，父子間再也不曾對話，阿隆的心裡又氣又難受，只因安穩的生活突然躁動起來。坐在餐桌的時光像是折磨，阿隆無法忍受，最近便不回家吃晚飯了，倒像是兒子將父親掃地出門。

「兔崽子，不知道還有沒有抽菸？」阿隆騎乘著老邁機車，一面心想。

到達公司停車場，立起中柱，還是得上班，這是他僅存的穩定了。

Ψ

又到了清理隔欄的那天。

阿隆看著汙水中的一根根菸蒂，不只是厭惡而已，更多的則是擔憂。

要是兒子成了菸槍怎麼辦？

要是兒子學壞了怎麼辦？

要是父子感情就此破碎怎麼辦？

阿隆一面打撈，一面胡思亂想。

亂了，都亂了。

阿隆試圖將菸蒂排列整齊，而它們在水裡漂呀漂的不聽話，成堆一會又癱軟四散。

「眞煩！」阿隆大喊一聲，幸好身邊沒有其他同事。

於是他坐上地面，沮喪地休息一會。

看著還未打撈起的菸蒂們飄著，他胡亂想像：

菸蒂、

固體廢物、

頂樓加蓋的鐵皮屋頂，滴答滴答，時而漏水、

底層生活。

阿隆驚覺自己的生活和菸蒂差不多，不得不飄著，何來的安穩？

哪可能安穩？

只允許安穩的自己或許錯了，那不過是種奢望而已。或許生活中就得有意外，意外跌跤再從中得到教訓，那也不差。

Ψ

阿隆久違在便利商店買了包菸，沒拆封，打算今天該要回家吃晚飯了。

一進門便望見兒子，兩人尷尬地互瞪一眼，又將視線避開彼此。

阿隆深吁口氣，鼓起勇氣，這回不是魯莽。

「兒子，跟我去房間一下。」阿隆平靜地說。

「……，幹嘛？」兒子一臉錯愕。

「沒事，不是要說教，走就對了。」

兩人來到兒子的臥房，牆面上貼有女星、球星的海報，許久沒進來，原來已被布置成了這樣。

阿隆將口袋裡的菸盒扔上床鋪。

「我不喜歡別人抽菸。」阿隆說：「你非要抽的話，就抽最淡的，盡早戒掉，也不要瞞著我們。」

「……。」

兒子只是直視著父親，沒說什麼、也沒伸手去拿。

「想抽就抽吧，這不是測試，抽完別把菸蒂往樓下丟。」阿隆說，嘆了口氣。

「……，」兒子沉默許久，終於低聲回話：「我沒抽了。」

「你沒抽了？」阿隆半信半疑。「眞的嗎？」

「嗯，那天只是偷試一次，就被你發現了。」

「就那麼一次？」

「就那麼一次，誰曉得你的鼻子那麼靈。」

阿隆感到詫異，又有些驕傲，自己的鼻子似乎還挺厲害。

「感覺怎麼樣？」阿隆好奇地問。

「不怎麼樣，」兒子露出厭惡的表情，和父親很像。「臭死了。」

阿隆哈哈大笑，因爲一場意外與誤會而笑。

阿隆將全新未拆封的菸盒往樓下一扔，誰愛抽就揀去吧，他懶得管。

想想也是，當時要不是意外，哪會和兒子相遇？

阿隆還是不喜歡意外，但也不過於厭惡了。

肺炎

洛瑞出生於南亞某國首都，他的家族享有優沃的資源，然而，洛瑞從小便不信服當地的宗教。『明明都是同學，爲什麼我叫做婆羅門（配戴聖線的人），有人卻是首陀羅（不潔之人）呢？』洛瑞不滿現況，總覺得成就該由自己爭取，而非與生俱來。於是他去到美國，就讀頂尖大學中的環境工程學系，最終成爲一名博士。

他撰寫的論文標題名爲「多源性病毒起源與環境控制」。

學成歸國後，洛瑞的發展不如他的期待，國內的研究機構、學術組織、甚至製藥廠商，一概對他的專業不感興趣，又或是給不起洛瑞應得的薪資。

總之，洛瑞成了名「家裡蹲」，喝了好多桶洋墨水的家裡蹲。

他鬱鬱寡歡，直到某天，國內倏地流行起了變異肺炎，暫時還未找出確切治療辦法。洛瑞驚覺該是大展身手的時候，用父親傳承的積蓄聘了名助理，二人如火如荼展開研究。

幾天後，洛瑞與助理凱森終於理出頭緒，需盡快阻止國民食用野生動物的習慣，並落實諸多計畫以防範疫情擴散，他們倆將敘述與辦法寫了個清楚，決定向政府相關單位接觸。

「凱森，這陣子辛苦你了，成果很棒。」洛瑞拍了拍助理的肩膀。「明天和我去見疾管局局長吧。」

「謝謝，但我還是不去了。」凱森鞠躬。

「爲什麼？這該是屬於你的榮譽。」

「我只是『首陀羅』，是不潔之人，別讓我的出現影響大局。」

洛瑞悻悻然看向遠方，總覺得不是滋味。

雖說首都裡充斥著各式美景，更被稱作人間仙境或香格里拉，但肯定搞錯了什麼。

洛瑞無法深思，熬夜太多天，他與助理很快便倒下熟睡了。

隔日，他隻身一人拎著厚重的牛皮紙袋來到了疾管局門口，接待人員迅速地將他帶入局長室。

「您好。」局長俐落站起身，向洛瑞招呼。

二人短暫但堅定地握了手。

「謝謝您帶來寶貴的資料，」局長急促地說：「請和我去參見總理。」

「參見總理？」洛瑞感到吃驚，也有些興奮。

「是的，時間有限，我們趕快出發吧。」

一行人跳上高級官員的黑頭轎車，浩浩蕩蕩前往皇宮區。

「薩瓦爾，你又過來幹嘛？」

總理不耐煩地說，專注於他的人工草皮與高球推桿。

「報告總理，我帶了環境工程博士前來，向您報告疫情防治事項。」疾管局局長說明。

「喔，上次不是討論過了嗎？」

語畢，總理推出一桿，小白球果然沒進洞。

「這次帶來了實質計畫，請您過目。」局長再次請求。

「唉，好吧，簡單說明。」

洛瑞看向局長，局長則朝他點了點頭。

「總理好，我是環境工程博士洛瑞，今天帶來『肺炎防堵計畫』：首先，全面禁止市場販賣野生動物肉類；其次，即刻確認國內口罩庫存量與生產量……。」

總理揮了揮手。

「明白了，就講到這吧。」總理冷冷地說：「薩瓦爾，依照專家的說法辦理吧。」

「是。」局長回答。

「皇宮區附近先開始實踐，不潔種姓區域就別管了。」

「報告總理！」聽到這裡，洛瑞趕緊出聲：「防疫必須要全面落實，否則無法有效控制……。」

「你是什麼種姓？」總理再次打斷洛瑞的話。

「婆羅門。」洛瑞如實回答。

「那不就好了嗎？」總理說：「你將會受到完善的保護。」

「話不是這麼說，防疫必須要全面落實，何況種姓制度已經落伍了……。」

「夠了，局長已經知道該怎麼辦了，下去吧。」

「……，是。」局長不得不應聲。

一行人悻悻然退出了總理住家。

大約二十天後，因爲防治的不完全，肺炎果然擴散開來，洛瑞也在這時候病倒了，不知道是因爲勞心過度、又或是染上肺炎。總之大多人都見不著醫生，醫院裡早擠滿了人，去了也只是加重自己的病情而已。

昏昏沉沉之間，洛瑞的手機響起，他狼狽地接起電話。

「喂，咳。」洛瑞虛弱地說。

「請問是洛瑞先生嗎？」對方說的是英文。

「是，請問大名？」

「您好，我是馬薩諸塞州傑出論文獎的工作人員，在此通知您獲得獎項……。」

洛瑞清醒過來，奮力揮臂，這是他等了一輩子的榮耀。

「是！眞是太棒了！」洛瑞興奮地大喊。

「恭喜您，非常精彩的論文。」工作人員也替他感到開心，親切地說：「頒獎日期是兩週後，我們會爲您安排機票與酒店。」

「沒問題！」

「期待您的出席，請務必講解『多源性病毒起源與環境控制』，尤其全球疫情越來越嚴重……。」

講到這裡，洛瑞的心臟涼了一下，但奪獎的雀躍隨即又湧上，搞得他有點作嘔。

兩週後，洛瑞抵達了機場。

眼前走來一名魁梧的海關人員。

「各位旅客請回，稍早政府宣布封閉機場，班機停飛。」海關人員冷冷地說明。

「什麼？」旅客們哀嚎：「怎麼可以這樣子？」

「當然可以這麼做，你們都是印度教的信仰者，忘記得服從『佩戴聖線的人』嗎？」海關人員大喊：「給我滾出去！」

眾人面面相覷，只好往後走去。

可洛瑞不退。

「你們知道我是誰嗎？」洛瑞說。

「不知道，請你離開機場。」海關人員再次強調。

「我是環境工程博士，今天要代表國家去領獎。」

「情況緊急，博士請務必體諒。」

「我早就提醒過你們了！」洛瑞越講越大聲：「不要再篤信種姓制度、防疫一定要確實……。」

機場警察見狀圍了過來。

「先生，請你立刻離開機場。」警察擺弄掌上的步槍。「否則我只能依法辦理了。」

「你們早該依法辦理了！就不會害得我不能出國！論文是我一生的心血，這下我生不如死，讓我出國！可惡！讓我出國！放開我！」

洛瑞歇斯底里地大喊，當然遭到警察們的武力壓制。

「不准動！我依法逮捕你！不要再動了！」

附近的記者與攝影師們急於拍下這幕，場面很是熱鬧。

Ψ

美國達拉斯某戶家中，兩名肥碩的壯年人正在觀賞新聞。

他們見到了洛瑞，當然不認識他。

「Fucking idiot! Ha ha ha!（他媽的白痴，哈哈哈）」肥佬戴著牛仔帽，口中暢快吐出粗話。

「What a backward country!（真是個落後國家）」

另一名牛仔抓起滿手的爆米花並塞進嘴裡，沒搞懂食物的來源究竟爲何。自詡爲進步的落後。

父子

他的父親是個標準的大男人，個頭雖不高，卻老愛使喚人做事，像尊大老爺似的。

他早忍受不了父親，大學沒念完便離家去了，去到南部某夜市從擺攤做起，苦呀，卻是自己一步步踏出的路，最終他竟成了間貿易公司的董事長，營運蒸蒸日上。

如今什麼也不缺了，有錢有妻、有秘書有員工，甚至秘書就是他的另一名妻子，不亦樂乎。

他想就這麼在辦公室頤養天年吧，看著自己建立的帝國持續運行，他常笑，下巴的肥肉跳呀跳的。

貪嗔痴恣意橫流，不只是享受而已，是自己掙來的享受，談何容易？

一念閃過，自己和厭棄的老父沒有兩樣，像尊大老爺似的。時光流逝，什麼都沒改變。

Coser

雅還沒上小學時，就深深喜歡上美人魚了。

『美人魚！美人魚！』雅那時牙牙學語，短小手指比向電視螢幕。

『妳真是看不膩耶。』母親感到無奈又好笑，這麼多錄影帶，女兒偏偏只看美人魚。

雅沒有看膩的時候，但物件終有壽命，某天錄影帶壞了，家裡再也播不了美人魚卡通。

那一頭紅捲髮深深烙印在雅的腦海中，對雅而言是美的象徵。

Ψ

雅滿十八歲了，大學園遊會時，幾名活潑的新生自然聚集起來，一起閒逛校園。

『學妹！要不要加入管樂隊？』

『抱歉，我不會樂器。』雅婉拒。

『來當棒球隊的經理嘛！』

『……，我考慮一下唷。』雅覺得腦中一片混亂。

望見一幕，雅更加猶豫，隻身停下腳步。

校園一隅有群人靜靜待著，女孩們戴上假髮，扮演起動漫中見過的角色，豔綠鮮紫引人注目，

那叫做「Cosplay」，扮演者則是「Coser」，雅知道這點常識，只是未曾親眼見識。對雅而言，
卻鮮少新生前往。

Cosplay 算是「次文化」，知道歸知道，但缺乏管道接觸。

『雅，妳在幹嘛？』同學發覺雅沒跟上，回頭找她。

『沒事，抱歉，我來了。』雅趕緊和同學會合。

『妳在看 Cosplay 嗎？』珍問。

『……，嗯。』雅答。

『那很宅耶！難不成妳是宅女嗎？哈哈哈……。』珍大笑，自稱大剌剌的女生。

『我不是啦。』雅不敢再看向 Coser。

『走啦，陪我去逛「美妝社」。』珍帶頭走向另一端。

雅和 Cosplay 的緣分戛然而止，走向眾人口中的「主流」去了。

又覺得 Coser 若能頂著紅髮就更美了。

Ψ

出社會後，雅成了常見的 ＯＬ（Office Lady），生活缺乏刺激，好不容易尋覓到瑜珈這門運動，便投入進去。

雅因此認識了運動同好，那人自稱「薰」。

『妳的名字真特別，是本名嗎？』雅問。

『不是耶，』薰支吾其詞。『是綽號。』

『雅是我的本名，我沒有綽號。』雅又問：『妳有別的休閒娛樂嗎？』

『嗯。』薰答，臉紅了。

『方便聊嗎？』

兩人沉默互望一會，雅擔心自己是不是過於唐突？

『妳會笑我嗎？』薰戰戰兢兢。

『不會，爲什麼要笑妳？』雅回答，認眞地。

『……，』薰猶豫許久，終於決定說出：『我是 Coser，從小就玩 Cosplay。』

雅想起大學園遊會那幕。

『哇，眞羨慕妳有勇氣。』雅感慨地說：『我曾經想扮過美人魚，紅髮好美唷。』

薰鬆了口氣，雅雖沒當成 Coser，兩人從此成爲深交好友，在瑜珈路上互相陪伴。

Ψ

同學會越來越難舉辦，大家都忙，湊齊一群人的難度太高。雅與三五好友定期聚聚就夠了，珍也在名單之中。

麻辣火鍋店裡，熱呀辣的蒸汽四溢。

「怎麼樣？妳們最近忙些什麼？」珍問，她最近迷上自拍，誰都知道的事。

「顧小孩呀，哪有新把戲？」另名同學感慨：「眞羨慕妳們都還單身。」

「我也想找個人嫁呀。」珍說，男友卻一個個換。「雅呢？最近在幹嘛？」

「上班呀。」雅說，嘴裡的鴨血好燙。

「下班以後呢？」珍咄咄逼人。

「最近在練瑜珈。」

「還有呢？總不可能天天運動吧？」

雅看了看同學們，考慮一會，想說就答吧：

「我有個朋友玩 Cosplay，最近想去看她的活動……。」

「哇靠，妳也太宅了吧！」珍搶過話鋒。「那不是邊緣人在玩的嗎？」

珍捧腹大笑，其他同學跟著乾笑幾聲，發覺雅的表情不大對勁，趕緊停下。

「妳真該讀一讀時尚雜誌，挑些合身的衣服穿。」珍侃侃而談。

雅深吸一口氣，

決定闡明十幾年前未說的想法。

「妳真可憐。」雅幽幽地說。

「什麼？」珍感到吃驚。「妳是說『可愛』吧？」

「妳真可悲，」雅又說一次：「你所謂的主流，不過是以批評別人建立自信而已。」

「妳說什麼？」珍氣得拍了下桌子。

「我說：去你的主流、時尚、流行！」雅這回不退縮，也重擊桌面。「誰都看清了妳的空虛，不說破而已！」

雅只差把桌掀了，她帥氣地扔下幾張鈔票，走出餐廳。

雅或許無緣扮演美人魚，但這回她成了王子，守護擱淺邊緣的那群珍友，暫時不包含珍。

雖不明顯，街燈灑上，髮自然紅了些。

神風

大概是在現實

威廉不斷地逃，穿梭在暗巷穢弄之中，後方不遠處有腳步聲緊貼著他。

「媽的！幹！等會一定打斷你的狗腿！操！呼、呼……。」用詞粗鄙的壯漢氣喘如牛。

「陳先生，不要再逃了，乖乖和我們回警局，呼、呼……。」年輕員警也不放過威廉。

威廉當然不肯停下腳步，越過一灘水窪，俐落地繼續向前奔去。

「白痴才聽你們的話咧，呼、呼……。」威廉的心臟彷彿就要爆炸，但他不停，不願人生的精彩到此停歇。

「長官，先讓給我好不好？這人拐走了組裡的重要財產，呼、呼……。」壯漢說。

「我非逮到人不可，他把毒品賤賣給學生，這可是重罪！呼、呼……。」員警說。

威廉不參與他們的討論，試圖將肺活量保存給自己，久而久之拉開些許距離，他一溜煙鑽進了加蓋垃圾箱，屏氣凝神聽著一黑一白的腳步聲遠去。

威廉的疲倦感一瞬湧了上來，他好累，雖說刺激感仍讓他血脈賁張。

大概是在夢境

威廉安穩地半躺在沙發上，身旁的家人們正欣賞著電視節目，時而笑出聲、時而打個盹。

「得不到的永遠最好」，這話充分形容了人性的本質，誰也躲不過。

他環顧四周，將父親、母親、妹妹的臉龐一一掃過，眾人爲了無聊內容訕笑，實在乏味的週末生活，但這回威廉想要休息一會，暫時還能在沙發上待著。

他不是沒有過家人，不是沒有過一個溫暖的家，只是威廉在心裡拋下了他們，不知爲何走向流亡般的生活。

於是，遊走於「平庸」與「刺激」之間，便是威廉的精神生活，膩了就去到另一端躲一陣。

大概是在現實

「喂，醒一醒。」威廉在心中提醒自己：「保持警戒，危機還沒有解除呢。」

他再一次仔細傾聽周邊的聲音，巷弄之中十分安靜，但，越靜越令人感到心慌。

該鑽出垃圾箱嗎？

鑽吧，或許能夠逃出生天，也可能暴露行跡、活逮受罪；不鑽嘛，要是來個甕中捉鱉，警察或黑道堵了過來，自己肯定沒戲唱。

「怎麼做才比較好？」威廉的腦袋不停運轉，卻怎麼能料中外頭的情勢？

他只好放棄思考，暫時就留在原處吧。

「唉，」威廉忍不住嘆了口氣。「怎麼會搞成這樣子？」

怎麼搞成這樣？其實他心裡十分明白。

起初，威廉是個乖乖牌學生，成績甚至稱得上名列前茅。然而聰明反被聰明誤，他居然聽信同學的誘惑投注棒球，雖說有贏有輸，最終卻欠了同學三萬多元。

三萬元，對學生簡直是天文數字了，威廉明白該向家人求援，但不想在妹妹的面前挨罵，莫名的自尊使然。於是他拖欠著款項，日夜渾噩地過，心神不寧只因捅出婁子。

『喂，威廉。』某天，終於還是和同學狹路相逢。『該還錢啦，過期限很久了。』

『再給我一個禮拜籌錢好嗎？拜託。』威廉低聲下氣。

『不好，』同學的語氣並不友善。『你賴皮太多次了，今天絕不放過你。』

威廉說不出話，沉默一會，腦內突然掠過一道閃光。

『你憑什麼跟我要錢？賭博犯法，不怕我去舉發你們嗎？』威廉一改態度，變得強硬起來。

『喔，好呀，你厲害，敢威脅我？』同學瞪著威廉，緩緩退後。『我找大哥來處理，你等著。』

幾天後，威廉果然在校園外被一群成人逮住，拖去暗巷痛毆一頓。

爲了還清款項、爲了不讓家人知道，威廉被逼著替黑道進行幾次運毒。不運還好，威廉很快便沉溺於運毒的生活，高風險高報酬的生活十分刺激，令他整個人活了過來。

而後，威廉不希望家人被他影響，漸漸淡出原生家庭；而後，刺激感漸漸滿足不了自己，終於動起歪腦筋，盜取組裡的毒品賤賣給母校的學生。

而後，躲在垃圾箱裡逃避追兵，刺激到極點，卻也感慨萬分。

「唉，」威廉忍不住又嘆了口氣。「早知道不碰毒品了。」

巷弄一端傳來腳步聲。

「大哥，巷子裡有聲音！」是壯漢，不是警察。

威廉沉重地嚥下口水，依然口乾舌燥。

「喔，我來看喽。」傳來另一人的聲音。

威廉知道組裡的老大來了，一臉凶神惡煞、渾身刺青的平頭肥佬，帶領他進入這個世界。

果不其然，威廉被黑道們拖出垃圾箱，不只痛毆一頓，還沒打算放過他。

威廉鼻青臉腫，此時，一人亮出蝴蝶刀。

「靠，我的指頭是不是不保了？」威廉轉念一想：「不是擔心指頭的時候，說不定命都沒了！」

一臉橫肉的老大接過蝴蝶刀，走向倒在水窪裡的威廉，並架住他的脖子。

威廉嚥了口唾沫，脖子的嫩膚與刀鋒接觸。

「對不起……。」威廉出不了多大聲音，只能呢喃說出。

「對不起？」老大嗤之以鼻。「當年你欠債不還、現在你偷毒品去賣，什麼時候感到抱歉了？」

「……，對不起。」威廉想了想，還是只說這句。

老大惡狠狠盯著他，像要把他的腦門看穿。

「威廉，你還完賭債就該閃人了，爲什麼要留在黑道？」老大問，語氣意外地平靜。

兩人互望彼此，老大趁眾人看不清的時候，將刀鋒悄悄遠離威廉一些。

「……，我想賺大錢，」威廉低聲解釋：「而且，這樣的生活很刺激。」

「後悔了沒？」老大質問：「會不會覺得：這要是一場夢該有多好？」

「這要是場夢就好了……。」

「後悔沒？」老大的肥臉更加貼近。「沒代沒誌扮汨迌人、仙扮鬼，憨囝仔！」

威廉嚇得渾身發抖，涼意占據全身。

一陣徐風經過，並未拂上威廉與眾人，沒誰發覺不對勁，卻將時空就此吹散。

大概是弄錯什麼

威廉身穿校服，以塑膠鞋杷將腳根塞入皮鞋，猶豫該不該要敞開家門。

「唉，」忍不住嘆了口氣。「欠同學的錢該怎麼辦？」

「威廉，爲什麼嘆氣？」

身後傳來母親的聲音，嚇了威廉一跳。

「喔，老媽，妳也要出門？」威廉問。

「嗯，今天要和高中同學聚會。」母親同樣使用了塑膠鞋杷。「爲什麼嘆氣？遇到狀況了嗎？」

威廉有些猶豫，

但還是決定搖頭。

「是嗎？有事記得和家人說。」母親搔搔頭。「我們家雖然平庸，但一定會支持你的。」

威廉聽到這話忍不住紅了眼眶，隨母親一起走進電梯。

「唉呀，怎麼哭啦？都幾歲的人了……。」母親手足無措。「沒關係啦，一起解決吧，這就是現實生活嘛。」

這樣也很刺激，於是威廉挺起背脊。

「憨囝仔。」母親苦笑。

作者

他不為出版而寫，但若能出版就更好了。

他經常來到山上，只因待在都市裡的自己格格不入。早年他從商，這會他假裝自己沒有退路，毅然決然將公司給散了，全心在這條嶄新路上盲目前行。

「碧山路、金龍產業道路……。」望向路牌，三岔路口是他的停歇處，看著里程表，讀出山下駛來得要三公里多，這才讓他脫離俗事。

敞開車門後點了支菸，再以鞋底踹上車門，骯髒的車殼連主人都嫌棄，但在這晴雨難測的都市中，誰又真能淨得了身？

他想解脫，所以才開始寫書；他早想閃人了，差點衝動而已。

他的思緒經常遊走，是優點也是缺點，創作上的靈感從來不缺，也不明白怎會有江郎才盡的作者；缺點是想寫的故事太多，而社會容得下嗎？他不知道，正在摸索而已，或許這座都市的人們不喜歡他的直言、揭瘡的舉動太過無禮。

看向山下的都市，今天的景色不美，灰濛濛一片。可他不算白來一趟，他有時雨天來，清晨也來，心慌時尤其得來，他正在對抗內心的聲音，一道詢問自己是否竭盡全力、揮之不去的捫心自問。

「你夠拚啦。」他時不時鼓勵自己，否則肯定會崩潰，確實比起山下那群人們，他在生活上做出了難以置信的犧牲，將要失衡。

努力，他當然夠努力了，而恐懼的來源便是這「努力」二字。

「努力在娛樂產業裡毫無價值。」他某天悟出的道理。

何謂娛樂產業？他不要寫維基百科，沒釐清至條理分明的程度。但對他而言，演員、導演、運動員、作者都在其中，爲了娛樂人們而存在著。

只有金字塔頂端的人們才能出世。

並非他對自己嚴苛，這就是產業的眞實狀況。人們當然想享受最好的，而「娛樂」做爲非必需品，自然只允許頂尖作品面世。

他從不埋怨世道，要自己掏錢購買平庸的成品，肯定也是千百個不願意。在他看來，努力不過是產出優秀作品的必要條件，張揚多麼努力的人事物他是不屑一顧的。

因此他奮力一搏，天賦、紀律都擁有，但他擔心竭盡全力後的「結果」究竟如何。

他賭的籌碼太大了，大到心智就要被壓垮。他不是有著好賭的性格，起初以爲自己耐得住，努力嘛、犧牲嘛，何難之有？幾個禮拜，不，幾個月過去，他簡直就要喘不過氣。

他來到山上想要解放這股壓抑，或許朝山谷吶喊幾聲會有好轉，但可能嚇著山裡某處的住民，也就從未實踐了。

而壓力一直哽在心頭從未散去。

「冷靜點，你好得很。」自心臟開始發涼，幾秒過後延至指尖，十分難受卻又苦笑道：「想太多了。」

他大可以輕鬆面對等待的時光，他已經得到大出版社的答應，只差紙本合約寄到。說來眞是無聊，杞人憂天地擔心合約不寄來該怎麼辦？沒事找事，這就是下重注的代價，不由自主成了患得患失的人。

靠在欄杆旁，他提醒自己別密集攝入尼古丁，還是又點著一支香菸。

「別折磨自己了，想想沒出頭的人吧。」他自言自語。

敗戰的人們。

他寫輸家，徘徊於各經濟階層的體驗對他很有幫助，說來諷刺，關懷弱勢的筆觸帶他通往成功，只是何謂成功？這是哲學問題，大概不會有答案。

他的橫空出世至少造就一名輸家，多少人爲了「作家」的頭銜而戰，他心裡明白。

編輯每天打開信箱可能收到十來封投稿，一年出書的新人僅十五位，大概〇．二％的機率吧，甚至更低，他不敢再精確計算下去。

而他尊重每一位敗者，不只是嘴上說說，要是沒有「競爭」的存在，自己又怎能寫出足以代表一生的作品？

「謝謝。」這都市縱有虧待他的地方，不上不下的生活也有好處，感慨良多不就因此而來？

此時，一名男孩與他的父親從遠方走來，山裡的時間流速與平地不同，即使老早便望見彼此，卻也沒急於向對方招呼，幾分鐘平靜地過去。

「你好。」望見男孩友善的表情，他在心中問好，親切地點了點頭。

那父親輕輕一拽男孩的掌心，似乎要求孩子別和陌生人太過親近。

只是輕輕一拽，卻看得異常清晰。

不是不能理解。

他大概是沒打算擁有子嗣了，他經常檢視自身的缺點，每日都比前一天更加進步，更覺得自己未臻成熟境界，何來能耐養育後代？偶爾會羨慕同齡親友有了孩子，但自私的作者不願分神，很孤單，但也享受著寂寞。

不怨那名父親的舉動傷人，他不需鏡面也能夠明白，未經打理的亂髮與長鬚確實不像常人，遊手好閒的模樣恐怕有點古怪，旁人眼裡的輸家。

輸贏的概念真是好笑，自己也沒能完全放下。

他經常懷疑自己的選擇是否正確，這一行沒法複製前例，他早放下旁人的指教了，最好的導師便是自己，觀察前輩的經典作品也是一門功課。

只是，坐在家中觀賞電影稱得上是努力嗎？他不知道，親友肯定不會同意吧？但他沒得選擇，空閒時候便規律地打開 Netflix，終於他讀懂《進擊的鼓手》（*Whiplash*）的真正蘊含，不似其他影評所講的那般而已。人類的習性真是古怪，我們何德何能評斷他人的經歷？又幾人真顧好自己了？

發覺自己在山林之中怨天尤人，他趕緊搖了搖頭，沒料到心裡的憂鬱如此難解。

「下山嗎？」他問自己，不顧眼前沾滿髒漬的小型車所想。

回家能幹嘛？將老電影再重看一輪？別了吧，都將《霸王別姬》幾個場景背了起來。查看信件嗎？更別了吧，大概又是個未有喜訊的一天，至多信用卡帳單送抵信箱，畢竟人生不如意事十之八九。

然而，如此悲觀的他並不太過難受，他隱約明白自己是個沉醉於苦痛的隱士，一如見到身上的瘀傷便要按壓的那習慣。

他大概也不肯直接返家，或許會選個街邊坐下，看著笑容洋溢的行人來來往往，一面納悶自己怎不揀個單純的幸福接受算了。

算了吧。

他終於選擇閉起雙眼，這才明白自己來到山林的用意。

蟲鳴鳥叫是自然之中的聲響，不時伴有誰家飼養的狗叫聲，只是一條輕易能抵達的路徑而已，他卻感受得到旅人在高原潸然淚下的衝動。人呀，實在太渺小，光是這山便看不透了，一如自己的千思萬想未獲解脫。他想人生的終點不如離開這座都市，找個遠離塵囂的屋子住著，書櫃上擺滿自己渴望理解的知識，儘管有限生命中沒可能全然參透。

他寫作的初衷是因放不下離開的親友，那些生命去哪了呢？他曾以為寫到盡頭時會有解答，但看來是沒可能了，因為生而為人的能耐有限，想要超越一切的自我太過荒謬，可謂是以卵擊石。

他坐在路邊人行道上，不免懷疑真的有神明嗎？他不信，但希望有。

如果有神，他祈求身邊離開的那些生命能夠獲得解脫，同時也期待自己重拾笑容。

「我究竟要什麼呢？」睜開雙眼，他噗哧一笑。「讓那封該死的合約書趕快寄到吧。」

他決定離開山區時得把這些思緒寫下，若完成那刻合約也就來到，不妨就信了神吧。也不該再嫌棄那骯髒的紅車了，若不是它哪能來到這片森林。

「走吧。」他走了幾步，差點就要握上車門把手。「等等。」

又覺得待在原地其實並不差勁，自尋煩惱的個性注定他無法成為贏家，永遠超越不了輪迴，但那也不錯。

Story ⑩39
傷停時間

作　　者─王靖
主　　編─李國祥
企　　畫─吳儒芳
總 編 輯─胡金倫
董 事 長─趙政岷
出 版 者─時報文化出版企業股份有限公司
108019臺北市和平西路三段二四〇號三樓
發行專線─（〇二）二三〇六─六八四二
讀者服務專線─〇八〇〇─二三一─七〇五
（〇二）二三〇四─七一〇三
讀者服務傳真─（〇二）二三〇四─六八五八
郵撥─一九三四四七二四時報文化出版公司
信箱─10899臺北華江橋郵局第九九號信箱
時報悅讀網─http://www.readingtimes.com.tw
電子郵箱─genre@readingtimes.com.tw
法律顧問─理律法律事務所　陳長文律師、李念祖律師
印　　刷─勁達印刷股份有限公司
初版一刷─二〇二一年一月二十二日
初版二刷─二〇二一年二月一日
定價─新臺幣三八〇元

時報文化出版公司成立於一九七五年，
並於一九九九年股票上櫃公開發行，於二〇〇八年脫離中時集團非屬旺中，
以「尊重智慧與創意的文化事業」為信念。

傷停時間/王靖著. -- 初版. -- 臺北市：時報文化出版企業股份有限公司, 2021.01
面；　公分. -- (Story ; 39)
ISBN 978-957-13-8537-2(平裝)

863.57　　　　109022041

ISBN 978-957-13-8537-2
Printed in Taiwan